准教授・高槻彰良の推察EX（エクストラ）2

澤村御影

角川文庫
23821

目次

主なキャラクター紹介

高槻彰良（たかつき あきら）

青和大学で民俗学を教える准教授。
頭脳明晰で顔立ちも整っている。怪異が大好き。

深町尚哉（ふかまち なおや）

大学生。嘘を聞き分ける耳を持つ。
高槻のもとでバイトをしている。

大河原智樹（おおかわら ともき）

元気な小学生。怪異を解決して
くれた高槻に懐いている。

遠山宏孝（とおやま ひろたか）

建築設計事務所を営む。
尚哉と同じ、
嘘を聞き分ける耳を持つ。

佐々倉健司
ささくら けんじ
捜査一課の刑事で、
高槻の幼馴染。
目つきが鋭く強面。
難波要一
なんば よういち
尚哉の数少ない友人。
さっぱりとした
気のいい性格。
生方瑠衣子
うぶかた るいこ
民俗学研究室の院生。
メガネの似合う
美人なのだが……。
谷村愛美
たにむら なるみ
法学部在籍。難波の彼女。
一年の頃から難波と付き合っている。
イラスト：鈴木次郎

第一章　やがてソレはやってくる

　高槻彰良という人は、基本的には几帳面で綺麗好きな性格をしている。出したものはすぐにしまう主義のようで、研究室で資料を広げて何か説明したとしても、終われば自分でさっさと片付ける。研究室も自宅もいつも整理整頓されていて、そういうところは『きちんとした大人』なんだなと、深町尚哉は感心している。その他の点ではきちんとしていないことが多くて困るのだけれど。

　ちなみに『基本的には』と付けた理由は、高槻がそれを他人に強制しないからだ。

　何しろ高槻研究室には、散らかし魔人の生方瑠衣子がいる。

　瑠衣子は非常に研究熱心な院生なのだが、集中し始めると自分の周りに手当たり次第に資料を積み上げていく習性の持ち主である。机といわず床といわず広げまくった本やファイルは、寝食を忘れて研究に打ち込む彼女にとっては巣のようなものなのかもしれない。そして最終的には、その巣の真ん中で力尽きて行き倒れる。論文の締切りや研究発表の前などは、瑠衣子のせいで研究室がひどい有様になることも多い。

が、それについて高槻が瑠衣子を咎めることはあまりない。床で寝るなとか、もう少し体を気遣えといったことは言うものの、散らかしたこと自体についてはさほど叱らず、特に渋い顔もせず、瑠衣子が散らかした跡をてきぱきと片付ける。院生が散らかした跡を准教授が片付けるというのもおかしな話のような気がするが、高槻本人は別に気にしていないようだ。

そして、尚哉がよく顔を合わせるもう一人の院生、町村唯にも独特の習性がある。

カプセルトイコレクターなのだ。

カプセルトイとは、商業施設などによく設置されている、硬貨を入れてレバーを回すとカプセルに入ったおもちゃ等が出てくる小型自販機のことである。唯はあれが好きで、気に入ったシリーズは全種類集めようとしたりする。

しかし、何しろランダムにしか出てこない仕様の機械なのだ。当然ダブる。

ダブったものを、唯は研究室に持ってくる。そして、その場にいる者に分け与える。何度か尚哉も、唯から「わんこくん、犬好きだよね？　はい、これあげる！」と問答無用で犬のマスコットやらフィギュアやらを押しつけられたことがある。

妖怪やお化けの形をしたフィギュアなどは、研究室の本棚の縁に並べるのを許されることもある。あまり数が増えすぎると、本を取り出すときに邪魔になることもあって、高槻からやんわりと「そろそろ片付けようか」と促されるようだが、大抵幾つかは唯が置いていった人形の類が棚に並んでいる。尚哉にはなんだかよくわからない形のものも多いのだが、唯に尋ねれば、「これはね、妖怪の天ぷらのシリーズなの！」だの、「河鍋(かわなべ)暁斎(きょうさい)が描いた絵を元にしたフィギュアだよ」だのと解説してくれる。が、そうして棚に立ち並ぶ人形達の中に一つ、カプセルトイではないものがさりげなくまぎれている。

七センチほどの大きさの、マスコット人形だ。

頭も手足も胴体も、全てぐるぐる巻いたピンクの毛糸で作られている。毛糸玉そのものの丸い頭には、小さな黒いビーズ製の目が二つ。髪の毛はなく、代わりにフェルトでできた赤い花が幾つもつけられていて、素朴だが可愛らしいと言えなくもない。

この人形が高槻研究室に置かれるようになったのは、尚哉が大学二年の十一月。確か、青和(せいわ)祭が終わってすぐくらいのことだったと思う。

唯が持ってきたカプセルトイ達が登場と退場を繰り返す中、この人形だけはいつまでも同じ場所に置かれ続けている。

これからもそうなんだろうなと、尚哉は思っている。

というか——そうであってほしいと、願っている。

その日、高槻が『現代民俗学講座Ⅰ』で扱ったのは、電話にまつわる都市伝説だった。

「——はい、というわけで、今日のテーマは『電話』です！」

いつものように教壇に立った高槻は、資料を配り終えると、そう宣言した。

学生達は手元に回ってきた資料にざっと目を通し、小さく笑いを漏らす。例によって、子供向けの怪談本やらサブカル系の雑誌やらから持ってきたコピーばかりだからだ。

高槻は電話を耳に当てる仕草をしながら、学生達の顔を見回した。

「電話もまた、僕達にとって大変身近なものですね。携帯電話というものが普及してからは、もはや身につけて生活するものとなった人も多いでしょう。でも、よく考えると、これはとても不思議な代物です。目の前にいない相手と話ができる。姿は見えず、声だけが聞こえるわけです。知らない相手からかかってくることだってあります。今自分が話している相手がお化けではないとは、実は誰にも言いきれない」

そう言って、高槻はにやりとする。

「だから、電話にまつわる怖い話というのは、実にたくさんありますね。去年の『民俗学Ⅱ』で扱ったものもありますが、有名なところをあらためて見ていきましょう。――資料①『足いりますか電話』は、夜中の二時頃に電話がかかってきて、『足いりますか』と訊かれるというもの。これに対して『いる』と答えると、翌朝首に足が生え、『いらない』と答えると、翌朝自分の足が一本消えている。これは、よくある『足を奪う系』の話の一つと言えますね。別バージョンとして、『首はいりますか』と訊かれるものもあります」

高槻の講義を普段受けていない人が『足を奪う系』というまとめ方を聞いたらぎょっとするかもしれないが、怪談や都市伝説には、手やら足やらを奪っていく怪異の話がやたらと多いのだ。

道端で、あるいは夢の中で、「足はいるか？」とか「足はいらない？」と尋ねられた際、うっかり「いらない」と答えてしまったが最後、必ず足を持っていかれてしまう。かといって、「いる」と答えても困ったことになる場合もあるから、対応は慎重になった方がいい。一番いいのは、そんな怪異には遭わないことだ。

「資料②は、『お化け電話』。一一一という三桁の番号に電話をかけ、すぐに切ると、折り返し電話がかかってくるというものです。電話をとると、奇妙な音が聞こえたり、無言のまま電話がつながり続けたり、呪われたりします。これは黒電話の時代を舞台にして語られることもある古い都市伝説の一つですが、この一一一という番号については、実はどこにつながっていたのかがはっきりしています。一一一は、電話が開通しているのか確認するための作業用の番号、つまり線路試験受付の番号なんです。電話機接続の技術者が使用するもので、昔は一般の人には知られていませんでした。この番号にかけると、交換機側で所定の音声信号が一定時間流れることがあり、その後接続確認のために折り返し電話がかかってくるので、何も知らない人がうっかりかけてしまって気味の悪い思いをしたのかもしれませんね。──ちなみにこの番号は、今も回線状況の確認のために使われています。スマホを買ったとき、ショップの店員さんが、電話が使用できるか確かめるためにどこかに電話をかけますよね？　あれは、この番号にかけているんです。法人個人問わず誰でも使用できますし、料金もかかりませんので、もし自宅や携帯電話の回線に不安があったら、かけてみるといいと思います。ああでも、いくら無料とはいえ、悪戯や暇つぶしのためにかけるのは駄目ですよ。呪われることはありませんが、サービスとして実施されていることを目的外で使用するのは良くないことです」

真面目な顔で高槻が言う。尚哉の隣に座った難波が、うんうんとうなずきながら、資料の②の横に「イタズラ目的ダメ絶対」と書き込みしている。こいつ変なところで真面目だよな、と尚哉は思う。

「さて、資料③は『メリーさんの電話』です。たくさんある電話の怪談の中でも、特に有名な話かもしれませんね。知っている人も多いでしょう。僕はこの話、大好きです」

高槻は焦げ茶色の瞳をきらきらと輝かせ、満面に笑みを浮かべる。

高槻の講義は、話している高槻本人が一番楽しんでいるのではないかとよく言われている。間違ってはいないだろうなと、尚哉も思う。

「『メリーさんの電話』にも、色々なバージョンの話があります。資料には、中でも一番スタンダードなものを載せました。――でも、この話は文字で読むよりも誰かの語りで聞いた方が楽しめるので、皆さん、資料から目を上げてこっちを見てください」

高槻はひらひらと手を振って学生達の注目を集めてから、『メリーさんの電話』を語り始めた。

「ある少女が、引っ越しの際、古くなった人形を捨ててしまいました。人形の名前は『メリーさん』、かつてその子がとても大切にしていたものです。さて、新居に引っ越した後のこと、少女が一人で留守番をしていると、家の電話が鳴りました。受話器を取ると、幼い女の子のような声が『わたし、メリーさん。今、ゴミ捨て場にいるの』と言う。

少女は悪戯と思い、電話を切ってしまいます」

だが、すぐにまた電話がかかってくるのだ。

『わたし、メリーさん。今、小学校の近くにいるの』

少女は気味が悪いなと思って、電話を切る。

しかし、また電話が鳴る。

『わたし、メリーさん。今、煙草屋さんの前にいるの』

少女は、電話の主が徐々に自分の家に近づいてきていることに気づく。

また電話が鳴る。

ついに電話の主は、『今、あなたの家の前にいるの』と告げてくる。

「怖くなった少女は、玄関のドアスコープから外を確かめます。しかし、誰の姿も見えません。念のため、扉を開けて外を見てみましたが、誰もいない。やっぱり悪戯だったんだなと思い、ほっとした少女は、自分の部屋に戻ります。けれど、そのとき、少女の背後から声がしました。『わたし、メリーさん。今、あなたの……後ろにいるの！』」

突然高槻が大声を出し、一番前の列に座っている女子学生の一人を指差した。

怪談のオチよりも突然指差されたことに驚いて、彼女がびくりとする。

他の学生達が笑い出し、指差された学生も、そして高槻も愉快そうに笑った。

「こんな風に、最後に聞き手の背後を指して大声を出し驚かす、というのが、『メリーさんの電話』のスタンダードな語り方です。ちなみに別バージョンとして、捨てられた人形ではなく、轢き逃げされたメリーという少女の幽霊が犯人に復讐する話もあります。——でも、やっぱり『メリーさんの電話』といえば、捨てられた人形による復讐譚とするものが多いですね。ちなみに、この『メリーさんの電話』の元ネタではないかと思われるのが、これです」

高槻はそう言って、スーツのポケットから自分のスマホを取り出した。

迷いなく番号を押し、スマホにマイクを近づける。

途端、甲高い女の子の声が、高槻のスマホから流れ出した。

『もしもし？　わたし、リカです！』

教室にどっと笑いが満ちた。

高槻は、スマホから流れる音声はそのままに、マイクを自分の口元に戻して言う。

「そう、これは『リカちゃんでんわ』です。リカちゃん人形を発売しているタカラトミーが、一九六八年から実施しているサービスで、電話をかけるとリカちゃんと話している気分になれるというもの。子供の頃にかけたことがある人はいる？」

高槻が尋ねると、わずかだが手が挙がる。

さすがに尚哉は電話してみたことはなかったが、そういうサービスが存在することは一応知っていた。そうかこういうものだったのかと、尚哉はなんとなく高槻のスマホから流れる音声に耳を澄ます。

最初こそ『今日あなたは何をして遊んだの？　まあ、そうなの！』などと会話らしいものから始まるが、途中からリカちゃんは一方的に己のことを話し始めた。夢とキラキラにあふれた、まるで絵本の中のようなリカちゃんの日常。小さい子供ならばたまらなくわくわくするのだろうが、男子大学生にはだいぶシュールだ。いかにも作り物めいた声と話し方が、そのシュールさに拍車をかけているのかもしれない。

一通り話し終わったリカちゃんが『それじゃ、ばいばーい！』と通話を切ると、高槻はスマホの画面を見下ろして言った。

「これ、かけてみるとわかるんだけど、電話が切れた後に『通話できませんでした』って画面に出るんだよね。録音された音声を聞いているだけで、実際に通話しているわけじゃないから当たり前なんだけど、一応は『リカちゃんと電話で話した』という体裁になっているわけだから、ちょっと奇妙な気分になる。子供達の夢を叶(かな)えるためにこのサービスを始めた優しい人達には本当に申し訳ないけれど、でもここから怪談が生まれてしまったのもわかる気がします。――実際、『メリーさんの電話』とよく似た筋立てで、『リカちゃんの電話』という話も存在します。『リカちゃんでんわ』に電話する度に、電話の向こうのリカちゃんがどんどん自分の家に近づいてきて、最後は『今、あなたの後ろにいるの』と言われる話、あるいは、捨てたリカちゃん人形が『メリーさんの電話』と同じようにして戻ってきてしまう話です。『メリーさんの電話』と『リカちゃんの電話』、どちらが先に生まれた話なのかはよくわからないんだけど、とても近い関係にあるのは明らかですよね」

流行り廃りはあるものの、リカちゃん人形は多くの子供達に長いこと愛され続けてきた。時代によっては、女の子がいる家には大抵リカちゃん人形があったはずだ。

そんな風に身近だったからこそ、怪談や都市伝説への変貌もたやすかったのかもしれない。誰もが知っているものというのは、話のネタにされやすい。

「さらにもう一つ、一九六三年に放送されたアメリカのテレビドラマ『トワイライト・ゾーン』の中の一本、『LIVING DOLL』との関連も指摘されています。この話には『おしゃべりティナ』という人形が出てきます。このティナはネジを巻くと『あたし、ティナっていうの。あなたがとてもとても好きよ』と喋るんです。ティナはドラマの中で、自分をいじめてゴミ箱に捨てた男を殺してしまうんですが、その際、男に対して電話をかけます。『あたし、ティナっていうの。今にあなたを殺してやるから』ってね。この『あたし、ティナっていうの』という名乗り方は、『メリーさんの電話』における『わたし、メリーさん』とよく似ています。捨てられた人形が電話をかけてくるというモチーフも同じですね。──このドラマは日本でも、『殺してごめんなさい』という邦題で放送されました。『メリーさんの電話』が生まれたイメージの源泉に、『リカちゃんでんわ』と『おしゃべりティナ』の両方が混ざり合う形で存在した可能性はあるでしょう。『メリーさんの電話』において、メリーさんは西洋人形だとするものが多いのも、あるいはティナの影響だったのかもしれません」

　高槻はスマホをしまうと、また学生達に向き直った。

　あらためてにっこりと笑い、

「さて、それでは、電話にまつわる怪談がこのように幾つも生まれた理由について、あらためて考えてみましょう。まず一つ目として挙げられるのは、講義の冒頭でも話したように、目の前にいない相手と会話できるものだから、ということです」

　指を一本立て、高槻はそう解説する。

「電話というツールを介して、僕らは離れた相手と話すことができる。それはつまり、空間を飛び越えるという行為に等しい。相手が親しい人、よく知っている人ならば別に問題はありません。遠くにいる友人や恋人、家族、そういった人達との会話は日常の延長であり、僕らに安心と幸福をもたらします。でも、それが知らない相手だったなら？　途端に緊張が生まれ、僕らは警戒心を抱くことになる。電話は、僕らの日常に突如として非日常をもたらすものでもあるんです」

　慣れ親しんだ日常の中では、怪異は起こらない。

　怪異が起こるのは、非日常の世界である『異界』、あるいは日常と非日常の間にある『境界』だと決まっている。……本当にそうなのかはさておき、この国の人々は、昔からそういう風に考えてきた。

　しかし、電話は、日常と非日常を問答無用でつなげてしまう。

電話に出たが最後、境界線は一瞬にして崩壊し、はるか遠くにいるはずの怪異がこちらの耳に直接囁きかけてくることになるのだ。

「そして、もう一つ——電話が『耳で聴くもの』であるというのも、大きな理由ではないかと僕は思います」

高槻がそう言って、己の耳に手を当てる。

その仕草に覚えがありすぎて、尚哉は少し身を強張らせた。

高槻がちらと尚哉の方に視線を向け、ごめんねとでもいうように小さく苦笑する。

それから高槻は、チョークを手に取った。

「『耳につく』という慣用句がありますね。音や声などが耳にとまって気になる、という意味で使われます。この『つく』は漢字で書くと『付く』ですが、イメージとしては、何かが取り付いて離れなくなる、つまり『憑く』に近いものがあるのではないでしょうか。というのも、耳というものは、声や音が依り憑く『呪器』として考えられていたようなのです」

高槻は「耳につく」と板書した横に、「付く」と「憑く」を書き並べた。

そして、「憑く」から短く矢印をのばし、「予兆を感じ取る・神霊の声を聞く」と書き添える。

「昔言われていた俗信に、『耳が火照ると他人に悪口を言われている』とか『夜、耳がかゆいと翌日良いことがある』とか『耳の鳴るは吉事を聞く兆し』といったものがありました。耳が予兆を感じ取るものだと考えられていたことが窺える言葉ですね。また、神仏の託宣というものは、囁くようにして語られるのが本式だったとされています。つまり——耳を澄ませて相手の囁きを聴くという行為は、この世ならざるものからのメッセージを受け取る意味も持っていたことになる」

尚哉は、己の耳に手をやりたくなる気持ちを抑えながら、高槻の言葉を資料の端にメモしていく。

高槻が今話しているのは、あくまで講義としての解説だ。電話の怪談の背景にあると思われる古い思想を説明しているだけだ。……そう思うのに、どうしても心の底の方がざわつく気がする。

『——あれを選べば、お前は』

ずっと昔、死んだ祖父がこの耳元で囁いた言葉は、今も鼓膜に張りついたままだ。

あれもまた、託宣のようなものだったのかもしれない。

『お前は孤独になる』

耳が異界とつながる器官だというのなら、この耳は一体何者からのメッセージを受け取っているというのだろう。

そのときだった。

「——ふかまち」

尚哉の耳元で、囁き声がした。

思わずびくっとして、尚哉はそちらを見る。

難波だった。

尚哉の反応に驚いたように、難波は少し目を瞠って、

「あ、ごめん深町、ちょい消しゴム貸して」

「……えっ、あ、うん」

尚哉は慌ててペンケースから消しゴムを取り出した。

さんきゅ、と言って難波が受け取り、ちょっと使ってすぐに返却してくる。

尚哉はなんだか急に肩の力が抜けたような気分で消しゴムをしまいかけ、また使うかもしれないなと思い直して、自分と難波の間に置いたままにする。

その間にも、高槻の講義は続いている。

「しかし、電話にまつわる怪談というのは、かつてに比べるとだいぶ下火になってきている気がしますね。『メリーさんの電話』は、九〇年代以降、様々なメディアに取り上げられ、テレビや映画などで映像化もされました。この話が登場したのはまだ携帯電話が普及していない頃だったから、メリーさんは固定電話にかけてきていたんですよね。当時は今みたいに番号が表示されない電話も多かったから、かかってきた電話を無視するわけにもいかなかった。――でも、現代ではどうでしょう。大抵の人がスマホを持っていて、画面には相手の番号が表示される。見覚えのない番号や非通知からの着信は、取らずに無視するという人も多いでしょう。あんまりしつこくかかってくるなら、着信

拒否してしまいますよね」

　確かに、いくらメリーさんが電話をかけてきても、そもそも着信を受けてもらえなかったならば、話が始まらないのだ。何度も電話した末に着信拒否されるメリーさんを想像したら、ちょっと哀れに思えてきた。

「怪談も都市伝説も、身近にあるものや目新しい道具をどんどん取り込んでネタにしていきます。けれど、なまじそうやって新しい道具を手に入れたがゆえに、『メリーさんの電話』も『足りますか電話』も、時代の変化についていけなかった。勿論、今の時代に合った電話の怪談が新たに生まれてはいます。人の想像力がある限り、怖い話は常に僕らの暮らしの傍にある。……だけど、やっぱりちょっと寂しいよねえ。『メリーさんの電話』、せっかくこんなに怖い話なのにね」

　高槻が肩を落とし、いかにも残念そうな顔で言う。

　もしも高槻のもとにメリーさんから電話がかかってきたなら、高槻は嬉々とした様子でメリーさんが来るのを待ち受けることだろう。高槻のことだ、きっと電話がかかってくる度に、「車に気をつけるんだよ」とか「もう少しだから頑張ってね」などと優しい言葉をかけて、相手を気遣うに違いない。そうしてついに自分のもとにやってきたメリーさんを「いらっしゃい、待ってたよ！」と熱く抱擁する高槻を想像して、尚哉は思わず笑いそうになった。

「——あのさ、深町。この後って時間ある？」

尚哉が難波から声をかけられたのは、高槻の講義が終わり、荷物をまとめて立ち上がろうとしたときだった。

「大丈夫だけど、何で？」

「あー、ええっと、ちょこーっと相談したいことがあるっていうか……」

なんだか歯切れの悪い様子で、難波が口ごもる。

そのとき、難波のポケットの中でスマホが震えた。電話がかかってきたらしい。

難波は慌てた様子で画面を確かめ、尚哉に向かって「ごめん深町、ちょっとそこで待ってて！」と言い置いて、電話に出た。

「あ、うん、今講義終わった。……うん、だいじょぶ、深町なら捕まえたから」

深町なら捕まえた、という謎の言葉にぎょっとしている尚哉をよそに、難波はもう二言三言話すと、電話を切った。

「そんじゃ行くぞ、深町」

「え⁉　行くってどこへ」

「まーまーいいからいいから」

難波はそう言って、尚哉の腕をつかむとぐいぐい引っ張り始めた。

有無を言わさぬ様子で難波が尚哉を連れて行ったのは、キャンパス内にあるカフェテリアだった。

隅の方のテーブルに一人で座っていた女子学生に向かって、難波が手を振る。

「おーい、愛美ー！　とりあえず連れてきた、こいつが深町ー！」

難波の呼びかけに、彼女が腰を浮かせてこっちを見た。

その顔を見て、あ、と尚哉は思った。

難波の彼女だ。小柄でほっそりとしていて、可愛らしい子である。何度か顔を合わせたことはあるが、まともに話すのはたぶんこれが初めてだ。

ポニーテールにまとめた髪をぴょこんと揺らし、愛美が尚哉に向かって小さくお辞儀をした。

「法学部二年の、谷村愛美です。いつも要くんがお世話になってます」

「あ、えっと、文学部二年の深町です」

慌てて尚哉も会釈を返す。そうしながら、そうか難波は彼女から要くんと呼ばれているんだなと思う。他人事なのに、妙にこそばゆいような気分になるのはなぜだろう。

難波はこの彼女と一年のときから付き合っている。先日喧嘩して、難波は愛美からミッフィーちゃんのクッションでタコ殴りにされた末に文字通り部屋から蹴り出されたそうだが、その後めでたく仲直りしたと聞いている。

難波が言った。

「まあ、とりあえず座れよ深町。あ、飲み物買ってくるけど、何にする？　奢るわ」

「え、いいよ別に」

「いいって！　コーヒーでいいか？　んじゃ買ってくる！」

そう言って、難波が慌ただしく飲み物を買いに行く。

尚哉はちらと愛美を見た。若干悩んでから、愛美の斜め向かいの席に腰を下ろす。

愛美も椅子に座り直した。どこか所在無げな様子で、手元に置いていた紙コップの紅茶を持ち上げ、無言で口をつける。

何とも言えない沈黙がテーブルに落ちた。

尚哉はなんだかいたたまれない気分で、難波が去っていった方角に目を向けた。いきなり人の彼女と二人きりにされても困る。この状況でどうしろというのだろう。

と、愛美も同じ気分だったらしく、申し訳なさそうな声で、

「……なんかごめんなさい。でも要くんが、まずは深町くんに相談した方がいいって」

「別にいいけど……でも、何で俺？」

心の底から疑問に思って尚哉が尋ねると、え、という顔で愛美はこちらを見た。

「要くんから聞いてないですか？」

「いや、何も聞いてないけど」

「……もー、要くんたらー……」

愛美が片手で顔を覆う。

それからまた尚哉の方を見て、

「そしたら、わけわかんないまま連れてこられちゃったってことですよね。本当ごめん

なさい、要くんって結構その場のノリで生きてるところあるから」

「それは否定しないけど。相談って、何かあったの？」

「……あのね、要くんが……前に、深町くんに助けてもらったって話してて。その……不幸の手紙を、もらったときに……」

うつむきながら、愛美が小さな声で言う。

尚哉は思わず目を瞠り、

「え、何、まさか今度は谷村さんが不幸の手紙もらっちゃったの？」

「ふ、不幸の手紙じゃないよ！　じゃないけど……なんていうか、ちょっと気味が悪いことが起きてるの」

「気味が悪いこと？」

「……本当に馬鹿みたいな話なんだけど……要くんにも、別にいいよ何もしなくてって言ったんだけど。でも要くんが、深町くんなら絶対馬鹿になんてしないからって……」

愛美が少し周りを気にするようにしながら、ますます声を小さくする。顔が赤くなっている。でも、ぎゅっと縮こまった細い肩は少し震えていて、テーブルの下に入れた両手はきつく握りしめられているようだった。

ああ、見たことのある反応だな、と尚哉は思った。

高槻のフィールドワークに同行した際、こういう様子で口ごもる依頼人をよく見る。すぐにも聞いてもらいたくてたまらないくらい困っていることがあるのに、こんなことを言ったら馬鹿にされるのではないかと思って、話し出すのをためらうのだ。

でも、そういうとき高槻は、いつも魔法のように相手の緊張とためらいを解きほぐす。

そして、彼らの口からごく自然に相談内容を聞き出す。

高槻はどうやっていただろうかと思いつつ、尚哉は愛美を見つめて口を開いた。

「何が起きてるのかは知らないけど、俺で良ければ話は聞くよ」

途端に愛美がぱっと顔を上げて、尚哉を見た。

高槻のようににっこり笑うのは無理だが、とりあえず笑みと呼べるはずのものを顔に浮かべる努力をしながら、尚哉はなるべくゆっくりとした口調で言った。

「難波から聞いてると思うけど、俺、よく高槻先生と一緒に調査に行ってて。幽霊が出るアパートとか、コックリさんとか、そういうの割と慣れてるから。だから、とりあえず話してみてくれないかな」

「あ……うん」

愛美は一度目を伏せ、きゅっと下唇を噛んでから、また口を開いた。

「あのね……──なくした人形が、だんだん近づいてくるみたいなの」

「人形？」

そのとき、難波が戻ってきた。

紙コップが二つ載ったプラスチックのトレーを手に、愛美の横に腰を下ろす。

「やーごめんごめん、レジ混んでてさ！　そんで、もう話した？　深町、話聞いた？」

「いや、まだこれからだけど」

「そっかー！　そしたら、えっと、俺から話す？」

難波が尋ねると、愛美はこくりとうなずいた。

よっしゃまかせろとうなずき返し、紙コップの片方を尚哉の前にとんと置いて、難波は話を始める。

「あのな、高槻先生に相談していいのかどうかちょっとよくわかんないから、とりあえず深町に聞いてもらおうと思ったんだけど……つーか、今日の講義がタイムリーすぎてさ。『メリーさんの電話』の話」

「ああ、『わたし、メリーさん』ってやつ」

「そそ。……実は、あれとよく似たことが、今まさに愛美に起きてる」

「えっ？」

尚哉が愛美の方を見ると、愛美はこくんとまたうなずいた。

――そもそもの発端は、二ヶ月ほど前。愛美が鞄につけていたマスコット人形をなくしたことだったという。

高校時代に、原宿で買ったものだった。気に入っていたし、友達とお揃いだったこともあって、愛美はそれをずっと大事にしていたらしい。

が、知らぬ間に紐が切れたのか、気づいたらなくなってしまっていた。

心当たりは全部探したし、念のため警察に遺失届も出したが、人形は出てこなかった。

　そこで愛美は、自分のインスタグラムに『捜索願』を投稿してみることにした。もしどこかで拾ったり見つけたりしたら連絡がほしいとキャプションをつけたうえで、以前撮った人形の写真をアップしたのだ。

「それがこの写真なんだけど」

　難波がそう言って、自分のスマホをテーブルに置いた。表示されているのは、愛美のインスタ画面らしい。

　件（くだん）の写真には、ピンク色のマスコット人形がアップで写っていた。

　毛糸をぐるぐる巻いて作った素朴な造りで、頭には赤い花の飾りがたくさんついている。カメラの前に人形を掲げるようにして撮ったらしく、背景に写っているのは人形を持つ手と、服の一部だけだった。白っぽいカーディガンと、赤いリボンネクタイ。高校時代に買ったと言っていたから、制服なのかもしれない。

　難波が話を続けた。

「ほら、なくしたものをSNS通して見つけたって話、たまにあるじゃん？　で、ぽつぽつ写真にコメントついて、その度に愛美もコメント読んで確認してたんだけど、まあ大抵は『見つかるといいね』とか『可愛い人形だね』とかの温かい励ましなわけよ。けど、その中にちょっと変なのがあって」

　難波がコメント欄を開き、尚哉に見せる。

『　はやく　さがして　』

それだけ書いてあるコメントがあった。

アカウント名は「lonelydoll_love_me」。

尚哉は念のため愛美に尋ねる。

「知り合いとか友達じゃないんだよね？」

「知らない人……のはず」

愛美が答えた。

とはいえ、そもそも匿名性の高いＳＮＳだ。愛美の周りの誰かが、名前を伏せて書き込みした可能性は捨てきれない。

難波が言った。

「そんでさ、このアカウント、その後で愛美がアップした写真にも、毎回コメントつけてきてて。しかも、写真とは全然関係ないコメントで」

難波がスマホをテーブルに置いたまま操作し、別の写真を表示する。スタバのドリンクの写真、サークルの仲間達と撮った写真、「講義だるい」とだけキャプションをつけた少し眠そうな自撮り、「大学の近くにおいしいカフェ発見」と友達と一緒にカフェで写した写真、街中で見かけた野良猫の写真。――そのどれもに、『はやく　みつけて』『さびしいよ』『むかえに　きて』『ここだよ』『あめ　ふってきた』などと、愛美の投稿とはまるで関係のないコメントがついている。

気持ちが悪いと思った愛美は、すぐにそのアカウントをブロックした。

そして、そんなコメントがあったこと自体、忘れてしまった。

だが、つい最近になって、同じ学部の友達に「そういえばあの変なアカウント、まだからんでくるの？」と訊かれたのだそうだ。

その友達は、おかしなコメントが付き始めた初期に、愛美が相談した相手だった。

愛美が「ブロックしちゃったから、もう知らない」と答えると、友達は「ストーカーみたいなものだったとしたら、下手にブロックしたら逆上するかもだよ」と言った。

それで念のため、二人で「lonelydoll_love_me」が今どうしているのかを確認したのだという。以前ついたコメントからアカウント名をタップし、何か写真が投稿されていないか見に行った。

そのアカウントは、別に非公開にもなっておらず、何枚か写真も投稿されていた。プロフィール欄は空欄、フォロワーはゼロ、フォローしているのは愛美のアカウントだけ。

友達と「やだ」とか「キモい」などと言い合いながら、愛美はlonelydollの投稿写真を開いてみた。

そして——とても奇妙な気分になったのだそうだ。

「その写真がこれ」

難波がまたスマホを操作し、lonelydollのインスタ画面を開く。

その写真は、どこかのゴミ捨て場を写したものだった。

古ぼけて灰色になったガードレールと、アスファルトの上に無造作に積まれた幾つものゴミ袋。写っているのはそれだけなので、場所の特定は難しそうだ。キャプションには『ぼくは　ここ　』とある。

難波が顔をしかめながら言う。

「このゴミ捨て場の写真、愛美が人形の捜索願をアップした三日後にアップされてて。そんで、他の写真も見てみたんだけど」

次の投稿写真は、アスファルトの地面を写したものだった。キャプションは『きてくれないなら　こっちから　いく　』。

その次の写真は、どこかのスーパーマーケットの入口。『いま　さかいすーぱー　』。

その次は小さな公園。『　さかいだいいこうえんまで　きた　』。

その次は、電信柱の町名表示だけを写したもの。『　いま　ここ　』。

「ネットで調べてみたら、スーパーも公園も実際にあってさ。つっても、愛美は行ったこともないとこなんだけど……でも、地図見てみたら、なんかこいつ、だんだんこっちに近づいてきてんだよな」

難波が言い、愛美が寒気でも覚えたかのように自分の体に腕を回す。確かに、ちょっと気味が悪い話だ。

難波が続けた。

「最初にこのlonelydollからコメントがついたときに、俺も愛美から話は聞いててさ。でも、どうせ悪戯（いたずら）だろって思って、『ほっとけほっとけ』って言っちゃったんだよな。

で、昨夜あらためて愛美からこれ見せられて……俺、つい言っちゃったんだ、『メリーさんの電話』みたいじゃん、って。そしたら愛美、怖がり始めちゃって」

「だ、だって、『メリーさんの電話』って、最後殺されちゃう話でしょ？」

声を震わせて愛美が言う。

『メリーさんの電話』は主人公がどうなったかを語らずに終わることの方が多いので、殺されるとは限らない。が、そう伝えたところで、気休めにもならなそうだなと尚哉は思う。いつぞやの百物語イベントの際、難波と一緒に参加していた愛美は、恐怖でがちがちに身を強張らせていた。百物語の最後にちょっと怖いことがあったときには、今にも泣き出しそうな様子で怯えていたものだ。怪談の類が本当に怖くて苦手なのだろう。

しかしそれにしても、と尚哉は再びインスタ画面に目を落とした。

lonelydollがアップしている写真を指差し、言う。

「ていうかさ、これ、単にストーカーなんじゃないかな」

「俺もそう思うんだけど、でも意図がわかんねえんだよな。手口も回りくどすぎるし」

難波が答える。

愛美もうなずき、

「ブロックしちゃってるから、友達に言われなかったら絶対気づかなかったと思う。正直、何なのかよくわからなくて、余計に気味悪い」

「気になるなら、開示請求とかしてみるのも手だと思うけど？」

「あんまり大事にしたくないの。そういうのって、お金も時間もかかるっていうし、弁護士の心当たりもないし……それに、このくらいじゃ請求通らないんじゃないかなって気がする。誹謗中傷されてるわけでもないし、脅されてるっていうのとも違うし」

暗い面持ちで愛美が言った。どうやら愛美も、一度は開示請求について考えてはみたらしい。そのうえで、無理だと判断したのだろう。

尚哉は少し考え、

「えっと……念のため訊くけど、その友達がからんでる可能性とかはないよね？」

愛美にそう尋ねてみた。

まさかとは思うが、愛美が相談した友達が実は仕掛け人で、愛美に気づいてもらうために確認してみようと言い出した可能性もなくはないと思ったのだ。

が、愛美は「それはないと思う」と首を横に振った。

「そういうことするような子じゃないもの。ていうか、こういうことしそうな相手に心当たりが全然なくて……そんなときに、要くんがメリーさんの話なんてするから！」

そう言って、愛美が涙目で難波を睨む。

難波はごめんごめんと愛美に謝り、

「あのさ深町、できれば高槻先生に相談したいんだけど、無理かなあ？　前に俺が不幸の手紙もらったときみたいにさ」

「あー……うん、大丈夫だと思うけど」

別に自分は高槻への相談窓口じゃないんだけどなと思いつつ、尚哉は曖昧にうなずく。高槻は本物の怪異にしか興味がない人なので、この話に食いつくかどうかはちょっとまだわからないが、まあ高槻好みの話ではあるだろう。

「ていうかさ、難波はこれ、本当にメリーさんみたいな怪奇現象だと思ってるのか？」

「んにゃ、思ってない。だって、人形が写真撮るとかインスタアカウント作るとか、無理だしありえねえし」

難波が即答した。

じゃあ何でという目で尚哉が難波を見ると、難波は少し考え、

「んー、なんつーか……高槻先生の講義ってさ、怖いものと折り合いをつけるのにすげえ役に立つと思うんだ」

そう言った。

「『民俗学Ⅱ』にしても、『現代民俗学講座Ⅰ』にしてもさ。世の中にはこんな怖い話がありますってところから始まって、この話が生まれた背景にはこういうものがありますっていう説明に続くじゃんか。高槻先生の話聞いてると、昔から人が何を怖いと思ってきたのかってことがわかるんだよな。何でそれを怖いと思うのかもわかる。そういうのを一つ一つ説明してもらうと、『怖い』って思う気持ちがだんだん分解されてく気がするんだよな。——ほら、前に俺が絶対呪われたんだって思ってたときも、高槻先生の説明聞いたら、なんか安心したし。だから今回も、愛美のために『メリーさんの電話』の

解説とかしてもらったら、ちょっとは怖くなくなるんじゃないかなって思ってさ」

――怪異は、『現象』と『解釈』によって成り立っている。

高槻がよく言う言葉だ。

わけのわからない恐ろしい出来事が起きたとき、人はそこに説明をつけようとする。

この現象はこういう理由があって起きたことなのだと解釈して、理解しようとする。

その出来事を霊や妖怪(ようかい)の仕業とするのも、また解釈の一つだ。多少非現実的な話になろうとも、全く何の理由もつかないよりは安心する。言ってしまえば、人にとって霊や妖怪よりも恐ろしいのは、わからない、という状態なのだ。

だが、解釈の仕方は一つではない。

ある方角から見たら怪奇現象としか思えないことだって、角度を変えれば全く違うものに見えることもある。解釈をするときには、注意が必要なのだ。やり方を間違えれば、途端に真実は歪(ゆが)み出し、起きてもいない呪いが発生する。

だから高槻は、歪んだ解釈を解きほぐし、何を見るべきか、どう考えるべきかの道筋を、いつも教えてくれるのだ。

尚哉は難波を見つめた。

「……難波」

「おう」

「お前――意外と真面目に高槻先生の講義聴いてたんだな」

「何だそれ、俺はいつでも真面目よ!?　他の講義で居眠りしてても高槻先生の講義は全部真面目に聴いてるし！」

「いや、他の講義も居眠りせずに聴けよ」

言いながら、尚哉は高槻に連絡するために自分のスマホを取り出した。

素直に感心したのだ。単に話が面白いからという理由で高槻の講義を取っているわけではなかったのだなと思って。

高槻に連絡してみると、「研究室に連れておいで」とあっさり言われた。

この人暇なのかなと思いつつ、尚哉は難波と愛美を連れて、高槻の研究室へ行った。

高槻は上機嫌で尚哉達を迎えた。

「やあ、いらっしゃい！　君が谷村さんだね、飲み物を入れるけど何にする？　選択肢はココアかコーヒーか紅茶かほうじ茶なんだけど、オススメはココアだよ！　可愛いゥサギの形のマシュマロをもらったから、今ならとても可愛いマシュマロココアが……そう、それじゃ紅茶を入れようね。難波くんは？　そっか、コーヒーか……あのね、糖分は脳味噌の栄養になるから積極的に摂った方が」

「先生、執拗に人にココアを勧めるのはやめましょうね」

何でこのイケメンはこんなにもココアを飲ませたがるのだろうかと目を丸くしている愛美を椅子に座らせ、尚哉は高槻が四人分の飲み物を入れるのを手伝った。愛美の紅茶は客用の大仏マグカップに、難波のコーヒーは唯のお地蔵さん柄のマグカップを借りて入れ、高槻の分はいつもの青いマグカップでココアを作ってマシュマロを浮かべる。尚哉のコーヒーは、ゴールデンレトリーバーの絵が描かれた自前のマグカップだ。

　愛美と難波、高槻と尚哉がそれぞれ並んで向かい合う形で座る。

　高槻はにっこりと愛美に向かって笑いかけた。

「電話でざっと話は聞いたけど、もう一度詳しく話してもらってもいいかな？　谷村さんとlonelydollのインスタも見せてほしいな」

　そう言われて、難波と愛美が代わる代わる話す形で、先程と同じ説明をした。

　尚哉は自分のマグカップを口に運びながら、ちらと高槻の様子を窺った。はたして高槻はこの話に食いつくだろうか。

　高槻は、例の『捜索願』が表示された難波のスマホを手に取ると、

「あれっ、この人形ってポクポンじゃない？」

目を輝かせて、愛美に向かってそう尋ねた。

　愛美は小さく首をかしげ、

「ポクポン……って、何ですか？」

「あれ、知らない？　ええと、それじゃ、お店で買うとき、売り場に説明書きはなかったかな。『悪いことを代わりに引き受けてくれるよ！』とか、『願い事が叶う』とか」

「ああ、そういえばありました。友情とか、学力アップとか、なんか色々書いてあって」

愛美が言う。

意外なところに食いついたなと思いつつ、尚哉は高槻に尋ねた。

「先生、ポクポンって何なんですか？　ただのマスコットじゃないんですか」

「ポクポンは、もともとはタイで流行ったお守りでね。一種の身代わり人形みたいなものかなあ。キーホルダーとか携帯のストラップとして売ったら、世界的にもブームになったんだ。日本でも、『災いを食べてくれる守り神』っていわれて、二〇〇六年くらいから結構流行ったんだよ。最近はあんまり見かけなくなってきたけど、まだ売ってるところもあるんだねえ。——だけどこれ、もともとはブードゥー人形なんだよね」

さらりと最後に足された言葉に、尚哉も難波も愛美もぎょっとした。

可愛い犬や猫の写真でも愛でるかのようににこにこしながら人形の写真を眺めている高槻に向かって、難波が恐る恐る尋ねる。

「た、高槻先生？　ブードゥーってあれですよね、人間をゾンビにしちゃうやつ……？」

「うん、それ。とはいえ、ブードゥー教のゾンビというのは、映画でよくある人肉をモリモリ食べるゾンビとはだいぶ違うやつだけどね」

君達は何でそんなに顔を引き攣らせているんだいと言わんばかりに、高槻はきょとんとした様子で尚哉達を見回した。

ブードゥー教のゾンビとホラー作品で見かけるゾンビが全くの別物だというのは、尚哉も何かで読んだ覚えがある。だが、それを差し引いても、ブードゥー教という言葉がまとう呪術めいた雰囲気は大きかった。さっきまでは素朴で可愛いと思っていた愛美のマスコット人形が、途端に何らかの呪いのアイテムにしか見えなくなってきた。

　そこにとどめを刺すように、高槻は実に朗らかな口調で言う。

「ブードゥー人形は、ブードゥー教で行う呪術に使用されていたもので、日本の藁人形と同じ感じで使うんだよ。呪いたい相手に見立てて、人形に針を刺したりして苦しめるんだ。いわゆる類感呪術だね！　ちなみにこのブードゥー人形の効果についての研究が、二〇一八年にイグノーベル経済学賞を獲ったんだよ」

「えええっ、まさか呪いが有効だって証明されたってことですか⁉」

「いや、パワハラ上司に見立てたブードゥー人形を痛めつけることで、部下の気分が良くなったっていう研究。実験では本物の人形は使わずに、オンラインでバーチャルな人形を傷つけさせたんだけど、それでも効果はあったってさ」

　高槻がそう言って笑った。

　そんなことを大真面目に研究した学者がいるのかと、尚哉は呆れたくなった。が、確かイグノーベル賞の選考基準は「人々を笑わせ、そして次に考えさせる業績」だ。その基準にはぴったりはまっている気がする。まあ、高槻の講義だって、まさにそういう内容だ。学問というものは実に懐が深い。

　そこで尚哉は、ふと難波の隣に座る愛美に目を向けた。

　高槻の話を聞く愛美の顔は、すっかり色を失っていた。

自分はこれまで呪いの藁人形を鞄にぶら下げていたようなものなのかと思って、ショックを受けているようだ。これはまずい。怖いものと折り合いをつけてもらうために連れてきたのに、かえって怖がらせてしまっている。

尚哉は机の下で、難波達からは見えないようにそっと高槻をつついた。

こっちを向いた高槻に、目で愛美を示す。

高槻は愛美を見て、あっという顔をして、

「うわ、そうか、ごめんね谷村さん！　気分を悪くさせちゃったよね、ごめんなさい！　僕はちょっと人の気持ちに疎いところがあるものだから、そういうのよくわからなくなることがあるんだよ。――ええとね、ポクポンはブードゥー人形がタイに伝わってできたものではあるんだけど、呪いの人形としての意味合いは薄まっていて、身につけていると幸運を招くとか、厄災を防いでくれるって言われているんだ。谷村さんがお店で買ったときも、叶えてくれる願い事が色々書いてあったんでしょう？　だからね、これは谷村さんにとっては、願いが叶うお守りだったはずだよ」

だから怖がる必要はないんだと、高槻は愛美に笑いかける。

まだ少し強張った顔をしている愛美に、難波が尋ねた。

「え、じゃあ、愛美が持ってた人形は、どんな願いを叶えてくれるやつだったわけ？　自分で選んで決めたんだろ？」

「……あ、これは友達が選んでくれたやつで――」

言いかけた愛美が、そこで一度ふっと口をつぐんだ。

難波が怪訝(けげん)そうに愛美を見る。

「どした？」

「ううん。何が叶うんだったか、もう忘れちゃったなって」

そこで急に愛美の声が歪(ゆが)んだ。

尚哉は反射的に耳に手をやる。

難波が少し驚いたように尚哉に目を向けた。

「深町、どした？　耳痛い？」

「あ……いや、ちょっと耳鳴りがしただけ。もう平気」

尚哉がそう返すと、難波はそっかとうなずいて、また愛美の方を向いた。

高槻は少し目を細めて愛美を見て、

「友達とお揃いだったって言ってたね。友達も、同じ願い事が叶う人形を選んだの？」

「あ、いえ、友達は、宝くじが当たりますようにって金運の人形を選んでました。私は違うのにしようとしてたんですけど、『愛美は絶対これ』って言われて……可愛かったから、まあいいかなって思って」

愛美が答える。

さっき愛美が忘れたと言ったのは嘘だった。友達の願い事をしっかり覚えているのと同じくらい、自分の願い事も覚えているのだと思う。

でも、じゃあどうして忘れたなんて嘘をついたのだろう。

内心で首をかしげた尚哉の横で、くす、と高槻が笑った。

「先生？」

怪訝な目を向けた尚哉に、高槻は、何でもないというように小さく首を振る。

それから高槻はまた愛美の方に向き直り、口を開いた。

「ポクポンは、大事にすればするほど願い事が叶うって言われてる。谷村さんもそうだったんでしょう？　とても大事にしていた。だから、『捜索願』まで出したんだよね」

「……はい。でも——」

愛美はちらと、机の上のスマホに目を向けた。

しばらく放置していたのでもう画面はブラックアウトしてしまっているが、たぶんlonelydollのアカウントのことを考えたのだろう。

「今は……ちょっと、怖いです」

呟くように、愛美が言う。

「この変なアカウントも気持ち悪いし、それに私、『メリーさんの電話』の話を子供の頃に聞いたとき、本当に怖かったんです。だって、なんだか絶対に避けられない感じじゃないですか。逃げようもないっていうか……だから、もし本当に人形が戻ってきたら、悲鳴上げちゃうかも」

「ああ、確かにこのlonelydollは『メリーさんの電話』によく似ているよね」

高槻はにこりと笑ってうなずいた。自分のスマホを取り出し、少し操作してインスタグラムの画面を表示する。

それから高槻は、lonelydollのアカウントを検索して、『ぼくは　ここ　』の写真を開いた。

「『メリーさんの電話』の話がよくできてるなあと思うのは、襲ってくる人形が、元は自分の持ち物だったというところだよ。前は大事にしていたのに捨ててしまった、あるいはなくしてしまった。それは主人公の明らかな過失であり、負い目だ。しかもその負い目は、大抵の人にとって、身に覚えのあることなんだ。古くなった人形やおもちゃを捨てたりなくしたりしたことなんて、誰にでもあるわけだからね。――自分にとっての『メリーさん』が、いつか同じように自分のもとへやってくるかもしれない。そんな共感しやすい恐怖が、『メリーさんの電話』が人気を博した理由の一つなんだと思う」

それともう一つ、襲ってくるのが『人形』であるところも、この話の怖いポイントなのではないかと尚哉は思う。

この国の人々は、昔からモノには魂が宿ると考えている。

それが人の形をしたものならなおさらだ。当然のように、それが人のごとく動くことを想像する。人形が動く系の怖い話が無数にあるのは、そのせいだろう。

……とはいえ、本当に動く人形というのも、実際存在する。

日本史専攻の三谷（みたに）教授の研究室。そこに置かれた古い市松人形の中の一つ――通称

『まぁちゃん人形』のことを思い出し、尚哉は少し顔をしかめた。愛美にはまぁちゃん人形の話はしない方がいいだろうな、と思う。

　高槻が、自分のスマホで今度は愛美のインスタを開いた。

　ピンクのポクポンの写真を表示して眺めながら、また口を開く。

「ああでも、谷村さんは今、『避けられない』って言ったけど、『メリーさんの電話』にも対処方法は一応あるんだよ」

「えっ？」

　愛美が目を上げて、高槻を見た。

　難波も驚いた顔をして、

「そんなのあるんですか？　俺、メリーさんからは逃げられないと思ってた……」

「まあ、後付けでできた話だとは思うけどね」

　高槻がちょっと肩をすくめてみせる。

「口裂け女に対してべっこう飴を投げたり、『ポマード』と三回唱えたりするのと同じだよ。でも、メリーさんに対する対処方法は、割と現実的だ。というか、どっちかっていうと身も蓋もないかな。対処方法その一、『そもそも電話に出なければいい』」

「マジで身も蓋もないですねそれ！」

　難波が笑って言う。

　高槻も笑って、

「次に、対処方法その二、『メリーさんが来ても、決して家の扉を開けない』」

「……え、メリーさんって、勝手に家の中に入ってくるものじゃないんですか？」

愛美がまばたきして尋ねる。

確かに、そんな程度で防げるものなのかという気がする。そもそもいつの間にか後ろに立っているような怪異なのだ、扉くらいどうとでもしそうではないか。

が、高槻は真面目な顔で言う。

「メリーさんの話をよく思い出してごらんよ。『今、あなたの家の前にいるの』と言われた後、主人公は玄関の扉を開けて外を確かめてるんだ。つまりメリーさんは、主人公が扉を開けたタイミングでこっそり家の中に侵入したと考えられる。——だってほら、メリーさんは人形なわけでしょう。小さいんだよ。人間サイズの相手がいると思い込んでいる主人公の目線の下をくぐって、家の中に入り込むことが可能なんだ」

つまり、最後に主人公の自室で声がするのも、メリーさんが主人公の足元にぴったりくっついて部屋まで侵入を果たしたからということだ。そんな反則技のミステリのトリックみたいな話でいいのだろうかと思うが、そこは突っ込んでも野暮なのだろう。

高槻が続ける。

「というわけで、扉を決して開けず、窓の鍵も全部かけてしまえば、メリーさんは家の中に入ってこられない。しかし、うっかりメリーさんの侵入を許してしまったとしても、まだ対処方法その三があるので安心してほしい」

「その三は何なんですか？」

「『壁を背にして立つ』」

高槻の言葉に、難波と愛美がそろって小さく吹き出した。

尚哉も思わず笑う。それなら確かに、メリーさんに後ろを取られることもないだろう。一生壁を背にし続けるのは無理だと思うが。

「あとは、『シュークリームを渡す』なんていうのもあるね。これはたぶん口裂け女に対するべっこう飴と同じ感じだと思うけど、洋菓子になってるところが面白い。たぶん『メリーさん』という西洋風の名前のせいだろうね」

おいしそうにココアを飲みつつ、高槻はさらに別の対処方法についても話してくれる。さすが有名な怪談だけあって、対抗策もたくさん編み出されていたらしい。

難波がはいと小さく手を挙げ、高槻に質問した。

「あの、俺、口裂け女の講義のときにも思ったんですけど、お化けに対する対抗手段って、何でちょっと面白いものが多いんですか？　『ポマード』って唱えろとか、一応そう唱える理由は用意されてるとはいえ、傍（はた）から見たら変じゃないですか。そのせいで、せっかくの怖い話が怖くなくなる気がするんですけど」

「あ、それは俺も思った」

尚哉もうなずく。

怪談の目的は、相手を怖がらせることだろう。それなのに『口裂け女には「ポマード」と三回唱える』だの『メリーさんが来たら、後ろに立たれないようにする』だのと、いちいちおかしな対処法まで語っていたら、色々台無しになりはしないだろうか。

　が、高槻はにやりと笑って、

「それはね、これらの話の主な担い手が誰かを考えると、なぜだかわかると思うよ」

「担い手？」

「うん。誰が語り、誰が聞いて、誰が他の人達に伝えたのかということ」

「ええと……子供、ですか？」

　尚哉が言うと、高槻はうなずいた。

「勿論(もちろん)、子供だけではないけどね。口裂け女もメリーさんも、多くのメディアに取り上げられたから、大人だって担い手ではある。だけどやっぱり、これらの話を最も怖がりながら語り、そして聞いていたのは子供達なんだ。でも、彼らにとって、この話は怖すぎたんだよ。だから、子供達の想像力のままに愉快な対処方法が編み出され、セットで語られるようになったんだ。怖すぎて夜眠れなくなっちゃったら困るでしょう？」

　尚哉はその顔を見ながら、この人でも子供の頃にはお化けが怖くて眠れない時代があったのだろうかと少し考える。嬉々(きき)として怪談を語りたがる今の高槻からは、とても想像できないけれど。

　高槻が言った。

「話というのは、語られるうちに成長する。口裂け女の話だって、もともとはマスクを取って裂けた口を見せたところでおしまいだったんだ。それがいつの間にか、鎌を持って追いかけてくるだの、追われたらべっこう飴を投げればいいだのと、様々な要素が付け加えられていった。対抗手段が語られるようになったのも、そうした過程でのことだよ。――ああでも僕は、怪異に対する対抗手段が語られるようになったのには、もう一つ別の要因がある気もするな」

「何ですか？」

「子供向け番組の影響」

「え？」

「子供達にとって、怪獣やお化けは倒すべき対象だ。ウルトラマンもゲゲゲの鬼太郎もその他様々なヒーロー達も皆、敵と戦い、相手の弱点を突いて勝たなくてはならないんだ。だから子供達は刷り込みのように、お化けには何らかの弱点があると考えるんだと思う。そして、それを自ら創作していく。……まあ、子供向け番組に限らず、民話だって漫画だって小説だって映画だって、物語としての体裁が整っているものというのは大体脅威に対して対抗していくものだから、当然といえば当然なんだけどね」

話しながら、高槻はずっと愛美のインスタをチェックしていた。

ポクポンの写真だけではなく、他の写真も順に見ていっている。たまに拡大したりもしているようだが、何を熱心に見ているのだろう。女子学生の生活にそんなに興味があるのだろうかと、尚哉が怪訝に思ったときだった。

高槻の手が止まった。

今開いている写真は、愛美が難波と一緒に学食で撮った自撮りだ。中庭に面した大きな窓の前で仲良く頰を寄せ合って、カメラに向かって笑っている。キャプションには「仲直りした」と書いてあった。つい最近の投稿だ。

高槻はしばらく写真を見つめた後、愛美に視線を向けた。

愛美は、最初に比べるとだいぶ落ち着いた様子を見せていた。なかなか手をつける気配がなかった大仏マグカップの紅茶も、今は普通に口に運んでいる。飲み物を飲めるくらいには余裕が出てきたようだ。

高槻がまた口を開いた。

「——さて、そろそろ谷村さんの件に話を戻そうか。今日の講義でも話したことだけど、『メリーさんの電話』は、番号表示できる電話の普及と共にだんだん下火になっていった。そんなメリーさんが、こうしてSNSの世界に住む場所を変えたのは、僕としてはとても興味深い事例だと思うよ。でも、このまま放っておくのも、ちょっと怖いね。そろそろ何らかの対処をするべきだと思う」

「対処ってどうするんですか？　あ、シュークリーム買っとけばいいですかね？」

難波が言う。

高槻は首を横に振り、

「いいや、物語ではなく現実を生きる僕らは、きちんと現実的な手段を取らなければばいけない。——というわけで、難波くん。お姫様を守るナイト役は、やっぱり君だよ」

「へ？」

ちょっと間抜けな感じに口を開けた難波に、高槻はにっこりと笑いかけた。


それから数日後。

愛美は一人でキャンパスの中庭を歩いていた。

青和大の中庭は、学生達の憩いの場であり、各種サークル活動のための場でもある。そのため、いつでも人が多くて賑やかだ。ダンスサークルは音楽を流しながら踊り狂い、大道芸研究会は色とりどりのシガーボックスを器用に組み合わせながらジャグリングを披露し、揃いのでっかい蝶ネクタイをつけた二人組は目の前に客もいないのに延々と漫才を続けている。突然、中庭の一角から朗々とした歌声が上がり、それに応えるように方々から役者達が歌いながら集まってくる。ミュージカルサークルによる『レ・ミゼラブル』のフラッシュモブである。今日も独りだと切々と歌い上げるエポニーヌ役の横を、愛美は心細そうにスマホを握りしめて進む。

愛美のスマホが、一度だけ小さく震えた。

足を止め、愛美はスマホの画面を確認する。

愛美の背後では、フラッシュモブが今まさに絶好調の盛り上がりを見せていた。一堂に会した役者達が、名曲『ワン・デイ・モア』を歌い上げる。図らずも観客となった中庭の学生達は、各々スマホを掲げて写真や動画を撮っていた。

愛美もまたスマホを掲げ、カメラを起動して、中庭の眺めを撮影する。

それから愛美は、撮った写真を確認することもせずに、また歩き出した。人の多い中庭から離れ、校舎の裏の人気のない小道へと歩を進める。

その愛美の後ろを、大股に歩きながらついていく男がいる。

歩きながら、男はスマホを取り出す。

前を行く愛美に向かってスマホを向け、カメラを起動して撮影する。

音は鳴らない。サイレントのカメラアプリを使っている。

男は愛美にどんどん近寄っていく。歩きながら、男は画面をズームする。揺れるポニーテールを、その下の細い項を、大写しにして撮影しようとする。

──そのとき突然、大きく広げた手のひらが、スマホの画面を遮った。

びくりとして引いた画面に、明るい茶髪が映る。

怒りの表情を浮かべた男子学生──難波が、愛美とスマホの間に立ちはだかっていた。

慌てて踵を返そうとした男の肩を、誰かが後ろからつかむ。

「失礼。学内関係者ではありませんよね？」

びくりとして男が振り返る。

そこには、仕立ての良いスーツを身にまとった長身の男性がいる。甘く整った顔に柔らかな微笑を浮かべつつ、男の肩に置いた手にはしっかりとした力がこもっている。

高槻だ。

「今、彼女の写真を撮っていましたね。盗撮は良くありませんね」

「なっ……何ですかあなた、誤解です、してませんよそんなこと！」

高槻に肩をつかまれた男が、そう声を上げて高槻の手を振り払う。三十代くらいだろうか、スーツを着た会社員らしき男性だ。

「ふざけんな、ここ最近ずっとつきまとってたくせに！　ストーカー野郎！」

愛美をかばうように立った難波が、そう怒鳴った。

「し、知らない、俺はただここを通りかかっただけだ！」

男は難波にそう怒鳴り返し、スマホを懐にしまって歩き去ろうとする。

その進路をふさぐように、尚哉も進み出た。

声が歪んだということは、男が愛美を盗撮していたのは本当だし、ずっと愛美の後をつけていたのも事実だ。

男は舌打ちして、「どけよ！」と乱暴に尚哉を押しのけようとした。

だが、高槻がその腕をつかんで言う。

「証拠があるんですよ」

「しょ、証拠っ？　知るかそんなの、放せ！」

男はわめいて暴れようとするが、高槻の手は揺るがない。

そのまま高槻は実に自然な動作で男の腕を後ろに捻り、あっさりと動きを封じた。幼馴染の刑事から逮捕術を仕込まれたおかげで、この准教授は無駄に強いのだ。

男の目の前に、尚哉は自分のスマホを突きつけた。

画面には、愛美のインスタを表示してある。

「二週間前の写真です。――ここ見てください。これ、あなたですよね」

それは、愛美が大学近くのカフェで撮った写真だ。画面の端に、少しボケてはいるものの、目の前のこの男が写り込んでいるのだ。

が、男はまだシラを切る。

「何言ってんだ、頭おかしいんじゃねえのか！　おい、放せよ！」

「これは一週間前の写真です。ここにもあなたが写ってます」

尚哉は別の写真を見せる。

難波と愛美が学食で撮った「仲直りした」の写真だ。中庭に面した窓の向こう、少し離れた位置に、愛美に向かってスマホを向けているこの男がばっちり写っているのだ。

「こ……これ、さっき撮った写真です！　ここにも、写ってます！」

難波にしがみつくようにしていた愛美が、ありったけの勇気を振り絞ったような声を上げ、自分のスマホを掲げた。

そこには、先程中庭で撮った写真が表示されていた。フラッシュモブを撮影する学生達にまぎれて、明らかに異質なスーツ姿の男が確認できる。周りの学生達は皆、フラッシュモブの方にスマホを向けているのに、男だけはこちらに向けてスマホを掲げている。

さすがに男が口をつぐんだ。ばつが悪そうに、目をそらす。

——勿論、これを見つけたのは高槻だ。

愛美のインスタをチェックしていて、同じ男が数枚の写真に写り込んでいることに気づいたのだ。愛美も難波も気づいていなかったらしい。高槻に指摘されて、二人して青ざめていた。

男を取り押さえたまま、高槻が言った。

「彼女に確認したら、あなたが写り込んでいる写真を撮ったのは、全て同じ曜日の同じ時間帯でした。会社勤めをしている場合、生活のリズムがはっきりしている人が多いですからね。この曜日のこの時間帯は、あなたにとって割と自由になる時間なんでしょう？　しきっと次に彼女に接近してくるのも同じだろうなと思って、網を張っていたんです。しかし、うちの大学は割と外部の人の出入りが自由とはいえ、キャンパス内にまで平気で入り込むとは、いい度胸ですね。とりあえず守衛さんを呼ぼうかな、それから警察というコースがいい気がするなあ。——悪いけど、今から言う番号に電話してくれる？」

高槻が尚哉の方を向いて、すらすらと守衛室の番号を暗唱する。尚哉は言われるままに電話をかけ、「すみません、不審者がいるので、すぐ来てください」と伝える。

「なっ……し、知らない、だから俺は何も！」

また暴れようとした男の懐から、そのときスマホが転げ落ちた。

はっとした男が、とっさにそれを踏みつけようとする。

が、その前に、高槻がさっと男のスマホを蹴り飛ばした。

難波が拾い上げ、男に向かって唸るような声で言う。

「今お前、自分のスマホ壊そうとしたろ。ってことは、中に見られたらまずいもんが入ってるってことだよな。証拠隠滅とかマジふざけんな、絶対許さねえぞ覚悟しろ！」

男は反論しようとするかのように何か言いかけたが、さすがに無理だと悟ったのだろう。そのままふてくされた様子で口を閉じた。

警察には、事情説明のために高槻と愛美も一緒に行くことになった。難波も愛美の付き添いでついていったが、さすがに尚哉は行かなかった。

後日、高槻の研究室で、尚哉はあの後どうなったかの話を詳しく聞いた。

警察に連れて行かれた男は、最初はなかなかストーカー行為を認めようとはしなかったらしい。

だが、男のスマホから隠し撮りした愛美の写真が大量に出てきたことで、もう言い逃れはできなくなった。

男が愛美のインスタを見つけたのは、たまたまだったのだという。

愛美はたまに、自分の自撮りや他の人と一緒に撮った写真をアップしていた。愛美の顔を可愛いと思った男は、その後愛美のインスタをチェックし続けていたそうだ。

そして、あの『捜索願』を見つけた。

「だから、ちょっとからかってやろうと思っただけなんですよ」

男は、警察の事情聴取で、そう言ったらしい。

あの「lonelydoll_love_me」のアカウントは、やはり『メリーさんの電話』を想定したものだった。愛美に気づいてもらえなくても、別に構わなかったらしい。もし何かの拍子にあのアカウントの存在に気づいて怖がってもらえたら面白いな、という程度の考えだったようだ。

というか、男の目的は、他にあったのだ。

「……何ですか？　目的って」

尚哉が尋ねると、高槻は言った。

「あの男、もう一つアカウントを持ってたんだよ。そちらは非公開なんだけど——そこに、色んな女の子の盗撮写真が載っててね」

「え」

「どうやら彼は、ＳＮＳで見かけて気に入った女性の個人情報を突き止めるのを趣味としていたみたいなんだ」

インスタなどに自撮りをアップしている女性の中で、これと定めたアカウントの中身をつぶさにチェックする。たとえば行きつけのカフェの写真や、自撮りの背景に写る景色で、行動範囲を推測する。「人身事故で電車が止まった」とか「雷すごい」とか「近所で火事があった」という呟き（つぶや）などからも、生活範囲を絞り込める。大学名や利用駅がわかれば、個人の特定はさらにたやすくなる。

ある程度絞り込めたら、あとは探偵気分で張り込みをするのだそうだ。そうやって、じわじわと相手に近づいていくのをゲーム感覚で楽しんでいたらしい。

あの男は、毎週同じ曜日の午後に、会社の用事で客先に出向くことが多かった。そのついでに、愛美の行動範囲内をうろついて、愛美を見つけたのだという。

「標的を発見したら、後はどこまで彼女に近づいて写真を撮れるかを楽しむんだそうだ。相手は自分が標的になっているなんて思っていないからね、なかなかこちらの存在には気づかない。そうして撮った写真を、非公開のアカウントにアップして、同じ趣味を持つ人達と武勇談的に語り合っていたみたいだ」

「待ってください、同じ趣味を持つ人達って……あの男以外にも、同じようなことしてる奴らがいたってことですか」

「うん。まったくもって趣味が悪い、およそ紳士とは呼べない人達がね。lonelydoll のアカウントも、谷村さんに見せるためというより、自分の仲間達とのお遊び的な意味合いがあったんだろうね」

高槻が軽蔑(けいべつ)の表情で言い捨てる。

だが、男はまさか自分が撮られる側に回っていたとは思っていなかったらしい。写り込みといってもぱっと見では気づかないほど目立たないものだったが、それでも立派なつきまといの証拠にはなる。

——男の言い分は、「自分は写真を撮っただけ」というものだったという。

あのとき愛美に近づいたのも、単に写真を撮ろうとしただけであり、触ったり乱暴したりするつもりは全くなかったと主張しているそうだ。愛美の他に標的にされていた女性達についても同様だという。「野生動物の観察と同じだ」とまで言ったらしいが、人間に対して行えば、その行為は単なるつきまといであり、盗撮である。

といっても、今回は即逮捕とまではいかず、警察から男に対して警告を出しただけで終わったという。これで反省してやめてくれればいいのだが、どうだろうか。

「向こうの名前と勤め先は押さえてあるし、大抵のストーカーは、自分がしていたことを世間に認知されると行動を控えるというから、大丈夫だとは思うけど……でも、谷村さんはしばらく身辺に気をつけた方がいいかもしれないね。に頑張って守ってもらおう」

そのとき、研究室の扉を、誰かが控えめにノックした。

高槻が「どうぞ」と声をかけると、扉が開く。

「……すみません。今、いいですか？」

顔を覗かせたのは、愛美だった。一人で来たらしい。

「谷村さん、どうしたの？　難波くんは？」

「要くんは今、講義受けてます。えっと——高槻先生。あと、深町くんも。先日は、ありがとうございました」

研究室に入ってきた愛美はそう言って、こちらに向かって頭を下げた。

高槻が言う。

「気にしなくていいよ。谷村さんも怖い思いをしたね」

「いえ……あの程度で済んでよかったんだと思います。あと、やっぱり私が迂闊だったと思うし……インスタは、あの後すぐに非公開にしました」

「うん。それがいいだろうね。世の中はいい人ばかりじゃないんだ、ネットの海に顔をさらしても良いことはあまりないよ」

「はい」

高槻の言葉に、愛美は神妙な顔でうなずいた。

高槻はにっこりと愛美に笑いかけ、

「わざわざお礼を言いに来てくれたの？　よかったら、飲み物を入れようか。また紅茶を飲んでいく？」

「あ、いえ、これから図書館に行かないといけなくて……ええと、今日ここに来たのは、これを見せたかったからなんです」

愛美はそう言って、持っていた鞄の中から小さな紙袋を取り出した。

「実は今朝、これが家の前に落ちてたんです」

紙袋から出てきたのは——ピンクの毛糸でできた人形だった。

愛美がなくしたはずのポクポン。

高槻が目を瞠った。

「落ちてたって、どういうこと？」

「それが、よくわからないんです」

どこか途方に暮れたような顔で、愛美が言う。

愛美は実家暮らしだ。朝、新聞を取りに郵便受けを見に行った母親が、家の門扉の前に落ちているこの人形を見つけたのだという。落としてからもう随分経つが、少し汚れている程度で、特に破損もしていなかった。

しかし気になるのは、この人形がここまでやってきた経緯だ。

これが愛美の持ち物だと知っている誰かが家まで届けに来てくれたにしても、黙って家の前に落としていくというのはおかしな話だ。せめて郵便受けの中に入れるとか、門のどこかに引っかけておくとか、他にやりようはいくらでもあったはずである。

母親曰く、人形はアスファルトの上にうつぶせに倒れる形で落ちていたという。

まるで――ここまで歩いてきた末に、力尽きて行き倒れたかのように。

「高槻先生。……よかったら、これ、もらっていただけませんか？」

愛美が、ピンク色の人形を高槻の方に差し出して、そう言った。

高槻がまばたきして愛美を見る。

「かまわないけど、いいの？　大事にしていたものだったんでしょう」

「はい。……やっぱりちょっと、怖くて」

どうしてもあのlonelydollのアカウントを思い出してしまうらしい。あんな風に、人形自ら歩いて戻ってきたのかもしれないと思うと、以前のように鞄につけておく気にもならないのだろう。

「それに——願い事なら、もう叶(かな)ったので」

手の中の人形を一度見下ろして、愛美は少し微笑んだ。

高槻は、そう、とうなずき、愛美の方に手を差し出す。

「だったら、遠慮なくもらうよ。僕は人形に針を刺したりしないから、安心してね！」

「はい。お願いいたします」

愛美が高槻の手のひらの上に人形を載せた。

それを見ながら、尚哉は愛美に尋ねた。

「結局、その人形の願い事って何だったの？　この前は忘れたって言ってたけど、本当は覚えてるんだよね？」

「うん。……あのとき忘れたって言ったのは、嘘」

愛美がうなずく。

そして、言うかどうしようかしばらく迷うような顔をした後、ちらと尚哉を見て、

「……あの、これ、恥ずかしいから要くんには言わないでほしいんだけど」

「あ、うん。言わないでおく、けど」

そんな絶対隠さないといけないような秘密なのだろうかと、尚哉は内心で身構える。

まさかとは思うが、高校時代にものすごく太っていて、そのダイエット祈願だったという話だったらどうすればいいのだろう。取るべきリアクションがわからない。

「待って。ちょっと一旦落ち着くから」

愛美がそう言って、大きく息を吸って吐く。その様に、尚哉はますます身構える。そんなものすごい秘密なら別に話さなくてもいいよと言いそうになる。

愛美は細い肩にぎゅぎゅっと力を込め、目を伏せて眉間にきつく皺を寄せると、まるで世界最大の秘密でも漏らすかのような口調でこう打ち明けた。

「あのね、私――高三のとき、付き合ってた人にふられたの」

「……え？」

肩透かしを食らったような気分で、尚哉は眼鏡の下でぱちぱちとまばたきする。

高槻がさりげなく横を向く。吹き出しそうになったのをこらえているらしい。

が、愛美は高槻の様子には気づかず、伏せた目で机の板面を睨みつけるようにしながら、苦い声で言った。

「しかも、しばらく二股かけられてたことが、後でわかったの」

「それは……最低だね」

尚哉がなんとなく相槌を打つと、「でしょ⁉」と愛美が力強く言って、尚哉を見た。

その勢いに押されて、尚哉はこくこくと必死にうなずく。まさか恋バナが始まるとは思っていなかった。高槻はまだ横を向いている。

愛美は当時のことを思い出したのか、怒りに身を震わせながら続けた。

「おまけに、二股の相手って、私の部活の後輩で……なんなら私、その子の恋の悩みにも何度か相談に乗ってあげたりしてて……『好きなら告白しちゃえば？』とか気軽にアドバイスしちゃってて……その子が二股のこと知ってたかどうかはわからないんだけど、でも本当最悪じゃない⁉　もうとにかくショックすぎて！　『もー恋愛なんてしない、絶対しない！』って泣いてたら、友達がケーキの食べ放題に連れてってくれて」

愛美はその友達と一緒に、涙が引っ込むまでケーキをヤケ食いしたのだという。合計八個食べたというのだから、結構なものだ。

食べ放題の店を出て、明日から始まるダイエットの日々に怯えながら、愛美は友達と二人で原宿をぶらぶらと歩いた。

もう卒業も間近という頃だった。

二人とも高校の制服を着たままで、こうして制服姿で放課後に出歩く機会ももう何度もないだろうと思ったら、何か二人でお揃いのものを買いたくなった。

そうしてたまたま入った店には、色とりどりのマスコット人形を扱った一角があった。

壁にずらりと吊るされた人形達には、それぞれ個別の効果効能があるようだった。

『交通安全』、『家内安全』、『合格祈願』といったよくあるご利益の他に、『アガリ症克服』、『ゴルフが上手くなる』、『ストレスからの解放』、『一発逆転』など、他ではあまり見ないような願い事を掲げているものまであり、眺めているだけでも楽しかった。

友達は、「とにかくお金が欲しい。宝くじで七億当てたい」と言って、『一攫千金』の人形を選んだ。医学部に進むので、お金がかかるのだそうだ。

愛美が『美容』と『金運上昇』で迷っていたら、突然友達が、「愛美はこれ！　絶対これにしなよ！」と言って、赤い花がついたピンクの人形を指差した。

その人形の効果は——『素敵な恋人に巡り会える』だった。

もう自分は恋愛なんてしないんだから、こんなのいらない。愛美はそう言ったのだが、友達はこれじゃないと駄目だと言い張った。「あんなクズの二股男のことは忘れて、大学で新しい恋を探さないとね！」と笑ってくれた。

高校時代、一番仲の良かった友達だった。

今は地方の大学に通っていて、たまにしか会えなくなってしまった友達だ。

「……大学に入って、要くんに出会えたから、もう願い事は叶ったんだ。だから、もういいの。あとはお守りなしで、自分で頑張らなきゃ」

そう言って、はにかんだ笑みを浮かべた愛美は、とても可愛く見えた。

難波とお似合いの彼女だなと、尚哉は思った。

「それじゃ私、そろそろ行きます。本当にありがとうございました」

愛美は、高槻に向かってもう一度丁寧に頭を下げると、研究室を出て行った。

それを見送り、高槻が目を細めて言う。

「いやー、可愛いねえ。学生の恋バナって、僕の立場だとあんまり聞くことがないから、ちょっと楽しかった」

「……ていうか先生、そのポクポンが恋愛成就系のやつだって、知ってましたよね？」

高槻を横目で見やって、尚哉は言う。先程の高槻の反応からすると、愛美が何を隠していたのかは大体予測していたのだと思う。

高槻は小さく肩をすくめて、

「ポクポンって、割と一目見て効果がわかるようになってるのが多いんだよ。ピンク色してるのは大体恋愛系のお願いのやつなんだ」

「はあ、成程……ピンクだしお花ついてますしね、それ」

言われてみれば、どう見ても恋愛系の見た目だ。

しかし、今の愛美の話で、先日の難波と愛美の大喧嘩(おおげんか)の真相がわかった気がした。

喧嘩の理由は、難波が他の女の子と二人きりで食事に行ったのがばれたことだという。これまでも小さな喧嘩は何度もあったそうだが、今回はあわや破局というほど愛美の怒り具合がすさまじかったらしく、難波は本気で落ち込んでいた。

たぶん愛美はそのとき、自分が難波に二股をかけられたのだと誤解したのだ。過去のトラウマも相まって、難波をミッフィーちゃんでタコ殴りにせずにはいられなかったのだろう。誤解が解けて本当に良かったと思う。

難波は、愛美がついに見つけた『素敵な恋人』なのだから。

「先生。その人形、どうするんですか？」

尚哉は、高槻の手の中に残された人形に目を向けた。

高槻はちょっと首をかしげ、

「うーん、そうだねえ、とりあえずこの辺りに飾っておこうかな」

そう言って立ち上がると、唯がカプセルトイのフィギュアを並べている本棚の隅に、そっと立てかけるようにして人形を置いた。隣はぬりかべのフィギュアだ。

愛美と友達の大事な思い出の品だったはずのその人形は、例のストーカー男のせいで、良くない思い出を上書きされてしまった。

それはとても残念なことだけれど——もう願い事が叶ったからお役御免なのだと愛美が判断したなら、それもまたありだろう。

……この人形がどうして愛美の家まで戻ってきたのかはわからない。

たまたま拾った誰かが届けてくれて、門扉に引っかけておいたものが何かの拍子に地面に落ちてしまったと考えるのが一番妥当な気はするが、実は幾つもの数奇なめぐりあわせの末に奇跡的なタイミングで戻ってきたのかもしれないし、あるいは人形自身が本当に歩いて戻ってきた可能性だって捨てきれない。三谷教授の部屋にあるまぁちゃん人形のように。

尚哉は、にこにこしながら人形を見つめている高槻に、また尋ねた。

「そういう人形って、願い事が叶ったらどうするものなんですか？」

「それが、処分方法については色々な説があってね」

高槻が言う。

「壊れたときは、厄を食べてくれたっていうことだから、部屋の大切なところにしまっておくといいって書いてあるのを読んだことがあるよ。壊れた後も大事にしろってことだ。あとは、お守りだから神社に持って行ってお焚き上げするべきだっていう説もある。かと思えば、土に埋めろっていう説もあったかな。――谷村さんは、たぶん捨てたり燃やしたりしてしまうのが忍びなかったんだろうね。かといって、手元に置いておくのもちょっと怖いから、僕のところに持ってきたんだと思うけど」

尚哉は棚に置かれた人形に目を向けた。

ぬりかべの隣に置かれたピンクのポクポンは、ちょっとばかり心細そうな顔をしているように見える。

高槻はその頭を指先で優しくなでながら、言い聞かせるような口調で言った。

「本来の持ち主の傍からは離れてしまったけど、まあ僕のところでゆっくりしていくといいよ。自分で言うのもなんだけど、居心地は割といい部屋だよ」

――それ以来、その人形は高槻の研究室に置かれ続けている。

院生達は、人形を一目見るなり「ポクポンですね!」「ピンク色ってことは、恋愛関係⁉　きゃー、ご利益あるかな!」などとはしゃぎ、ちょいちょい可愛がったり拝んだりしている。研究熱心な院生達ばかりだし、あんまりそっち方面の話は耳にしないのだが、実は各自様々な恋愛模様を抱えているのかもしれない。

例のストーカー男は、警察から警告を出された後、愛美へのつきまといはやめたらしい。それでも難波は、夜遅くに愛美が一人で帰るときには迎えに行っているようだ。

難波と愛美は、時折喧嘩することはあるものの、一緒に旅行に行ったり、共にサークル活動に励んだり、デートしたりと、日々いちゃいちゃと仲良く過ごしている。末永くそうであってほしいなあと、尚哉はひそかに思っている。

そして高槻はというと、どうも人形がいつか本棚からいなくなるのを期待している節がある。少なくとも、尚哉の目にはそう見える。

というのも、外から研究室に戻ってきたときに、さりげなくいつも人形が置かれている本棚を目で確認しているようなのだ。

あるとき、尚哉がそう指摘してみたところ、高槻はにこりと笑ってこう言った。

「だって、もしかしたらまた谷村さんのところにひとりでに戻るかもしれないじゃない？『メリーさんの電話』のメリーさんが戻ったようにさ！」

そんなことになったら、愛美は本気で悲鳴を上げることになると思うが、高槻からしてみたら、それはそれで本物の怪異として研究の対象になるということなのだろう。

尚哉としては、この人形が今後も変わりなくここに留まることを祈るばかりである。

第二章　遠山と猫の話

遠山宏孝は猫を二匹飼っている。

どちらも雌で、一匹は全身が白く、もう一匹は全身黒い。対照的な毛色だが、おそらく姉妹だ。二匹とも瞳の色は緑で、しなやかに長い尻尾を持っている。

名前は、「白子」と「黒子」。

「白いの」「黒いの」と呼ぶことも多い。

猫達の名を教えると、「案外適当な名前をつけるんですね」とよく笑われる。その度に遠山は、もっと凝った名前にしておくべきだったかと少し後悔する。なんだか自分が猫を大事にしない適当な飼い主であるかのように思われた気がして、「いや違うんです、これには事情が」と訊かれてもいないのに名付けの由来を話しそうになる。

とはいえ、由来といっても、そう大したものではない。

最初は自分で飼うつもりなど毛頭なかったのだ。

だから、個体認識のために、とりあえず見ただけでわかる名前で呼んでいた。

ただそれだけの話である。

まったくもって、人生というのは何がどうなるかわからないものだと思う。

……何が幸いであるかも、また同じく。


事の発端は、二年前。夏の夕暮れのことだった。

珍しく早めに仕事が終わり、近所のスーパーで買い物を済ませた遠山は、自宅の入っているマンションに向かってぶらぶらと歩いていた。

日中降った雨のせいで、アスファルトはまだ少し湿っている。見上げると、雨上がりの夕焼けは普段あまり見ないような不思議な色味を帯びていた。薄く広がる雲は沈む陽の光を受けて珊瑚（さんご）色に輝き、その淡い赤はまだ昼の青さをとどめた空にまで溶け出して、世界の上半分を幻想的な紫に染め上げている。まるで映画のワンシーンのような空。

こういうのを何と言うんだったっけな、と遠山は歩きながら考える。

そう、確かマジックタイムとか、マジックアワーとか呼ぶのではなかっただろうか。

まるで魔法のように美しい黄昏（たそがれ）。

だが、頭に浮かんだ『黄昏』という言葉は、遠山の中で自然と『誰（た）そ彼』という文字に変換された。

前に何かで読んだのだ。『たそがれ』という言葉は、暗くなって人の顔の判別が難しいときに「あれは誰だ」という意味で『誰そ彼』と呼びかけたことに由来すると。

そんな誰が誰やらわからぬ暗さの中では、きっと人と魔物の区別もつきはしない。

だから黄昏時のことを『逢魔が時』とも呼ぶのだという。得体の知れない魔物と出会ってしまう時間。

……でも、遠山は知っている。

本当に魔物が現れるのは、まだ陽の気配が残る夕暮れ時などではない。

それは夏の真夜中だ。

盆踊りの後の晩。やっているわけのない祭。

様々な面で顔を隠して踊る死人の群れを、遠山はかつてこの目で確かに見た。……誰に話したところで、きっと信じてはもらえない話だが。

「――あのう」

そんな声に呼び止められたのは、遠山がマンションのエントランスに入ろうとしたときだった。

子供の声だった。

振り返ると、エントランス前の植え込みの縁に、身を寄せ合うようにして小学生が三人腰掛けているのが目に入った。

男の子が二人、女の子が一人。二人の男子に挟まれて真ん中に座る女の子は、膝の上に載せた汚れた段ボール箱を抱えるようにしてうつむいている。

知らない子達だった。そもそも遠山に子供の知り合いなどいない。体の大きさからして、小学校低学年か中学年くらいだろうか。揃いも揃って途方に暮れたような、ひどく困り果てた顔をしているのが気になった。

「あのう、ここのマンションの人ですよね？」

右端に座った男の子が、すがるような目を遠山に向けて、そう尋ねてきた。

「そうだけど、どうしたの？……もしかして、鍵をなくして家に入れない？」

遠山が言うと、その子は遠山に話しかけるだけで全ての気力を使い果たしたかのように、力なく首を横に振った。

代わりに、今度は左端に座る男の子が勢い込んだ口調で言う。

「あのっ、ねこ！　猫いりませんか⁉」

「……何だって？」

遠山は眼鏡の下でまばたきしながら、あらためて子供達を見つめた。

真ん中に座る女の子が、今にも泣きそうな顔で遠山を見た。その腕に抱えられた段ボール箱を見て、遠山はなんとなく状況を悟る。

遠山は彼らに歩み寄り、言った。

「……もしかして、猫を拾ったのかな？」

「学校のすぐ近くの、ゴミ捨て場に捨てられてたの……」

かすれた声で、女の子が答える。

遠山は段ボール箱を観察した。蓋が閉じられているので、中は見えない。鳴き声がするわけでも物音がするわけでもないが、それでもきっと中に猫がいるのだろう。よく漫画にあるような「ひろってください」の文字はなかった。雨に濡れて染みがついた、さして大きくもない箱だった。

左の男の子が憤慨した口調で言った。

「ひどいんだ、出られないように蓋がガムテープでぴたっとふさがれててさ！　俺達が見つけなかったら、明日ゴミ収集車に回収されてたと思う！」

「鳴き声が聞こえて、テープ剝がしてみたら、子猫が中にいたんです！」

右の男の子も声を上げる。

子供らしい正義感を顔中に浮かべた二人を順に見下ろし、遠山は言った。

「それで、君達はその猫を拾ったわけか。――自分達で飼えもしないのに？」

途端、男の子達は頭を叩かれたかのような顔をして目を伏せる。

厳しい言葉なのはわかっていたが、言わないわけにもいかなかった。

勿論、悪いのは無責任に猫を捨てた人間だ。だが、飼えもしないのに拾うのだって、褒められたことではないのだ。

誰も飼えないとなったら、この子達はきっとまた猫を捨てに行くことになる。

「……ママに聞いてみたの」

女の子がまた口を開いた。

遠山にとってはさして大きくない箱でも、まだ体の小さな彼女にとっては十分大きな箱だ。それを一生懸命抱えるようにしながら、彼女は震える声で言う。

「自分で面倒見るから飼ってもいい、って聞いたの。でも……」

「元のところに戻してきなさい、と言われたんだろう？」

こくん、と女の子がうなずく。

遠山は、男の子達に目を向けた。

「うちは、インコ飼ってるから猫は駄目って……」

「俺のとこは、姉ちゃんがアレルギーだから無理って言われた」

二人が言う。

遠山はため息を吐き、

「それで君達は、代わりに猫を飼ってくれそうな人を探しているのか」

子供達がそろってうなずく。

聞けば、右の男の子はこのマンションの住人で、ここがペット可の物件であることを知っていたのだという。だから、マンションに誰か出入りする度に「猫はいりませんか」と声をかけていたのだそうだ。

が、誰も彼も首を横に振るばかりで、困り果てたところにやってきたのが遠山だった。

そういうことらしい。

「……あのねえ。私だって無理だよ」

遠山は言った。

子供達の顔に、さっと絶望が広がる。

女の子が言った。

「……どうしても、無理？」

「猫なんて飼ったこともないし、一人暮らしだからね」

「おじさんも、元のところに戻してこいって言うの？」

「そもそも私は君達ともその猫とも無関係だ。そんなことで責められる筋合いはないな」

「……っ」

女の子の顔に、泣きべそがふくらみ始めた。泣き声を封じ込めようとして必死に閉じ合わせた唇が震え、真っ赤になった頰に涙が一粒転がり落ちる。

その顔を見た途端、遠山の心の中の、奥の奥辺りがちくりと痛んだ。

そんなものがあったことすら忘れていた、古い古い傷痕を引っ掻かれたかのように。

「なあ、おい、君……」

思わず遠山は女の子に向かって声をかける。

が、その前に、女の子は小さく声を漏らしながら泣き始めてしまった。

ひっくひっくとしゃくりあげながら、女の子は片手で顔を擦るようにして涙を拭う。

それでも涙は止まる気配もなく、女の子は膝の上の段ボール箱にしがみついて身を震わせる。横に座る男の子二人の目にも、みるみる涙が浮かび始める。もしやこれは傍から見たら自分が子供達をいじめているように見えるのではないかと、遠山は焦った。それでなくても、中年独身男性と子供という組み合わせに対する世間の目は厳しいのだ。

「せ、せっかく、生まれてきたんだよ、この子達っ……」

激しくしゃくりあげながら、女の子が言った。

「ガ、ガムテープで、止めてあったんだよっ、この子達が、死ねばいいって、そう思ってたってことっ、そんなの、ひどいよっ……も、元の場所に戻したら、ぜったい、ぜったい死んじゃう、なのに、なのに私、この子達に何もしてあげられない……っ」

小さな体には収まりきらないほどの激情を、女の子は今にも喉を詰まらせそうになりながら必死に吐き出す。

「こ、この子達はっ、しあわせになったら、いけないのっ……？」

その声はぶるぶると震えてはいたが、少しの歪みも感じなかった。

……嘘を聞き分ける耳というのは本当に厄介なものだなと、遠山は己の耳に手をやりながら思った。

それはすなわち、本当のことを聞き分ける耳でもあるからだ。

だから遠山には、どうしようもなくわかってしまう。

誰かの悪意に触れてしまったこの子の心が深く傷ついたこと。

そしてこの子が本心から猫達の身を案じ、己の無力さを心底嘆いているということが。

途方に暮れた気分で、遠山は首を仰のけた。

空は先程よりも藍の色を深め、雲も輝きを失いつつあった。マジックアワーは短い。

もう夜がやってくるのだ。

子供達は、猫の入った箱を抱えていつまでも外にいるわけにもいかないだろう。

遠山は首を下げる動作と同時に、またため息を吐いた。

やめておけ、と頭の奥で声がする。関わる必要なんてない、無理なものは無理だと言い切って、さっさと見捨ててマンションの中に入るべきだと。

そうすべきなのはわかっている。

わかってはいるのだけれど——でも。

遠山は少し身をかがめるようにして、段ボール箱に手をのばした。

「……見せて」

これでは逢魔（おうま）が時どころか逢猫が時だなと思いつつ、そっと蓋を開ける。

中を見て、なんてこったと遠山は思った。

猫は一匹ではなかった。白いのと黒いのが一匹ずつ、計二匹だ。目の色は淡いブルーだった。まだほんの小さな、遠山の手のひらに乗せられそうなサイズの猫達は、今の今まで死んでいるのかと思うくらい静かにしていたくせに、遠山を見上げるなりぶぎゃあと声を上げた。ちょっと待てと遠山は思う。猫とはにゃあと鳴くものじゃなかったのか。

何でこいつらは、こんな悪魔のようなしわがれ声で鳴くのだろう。

とはいえ、もはや引っ込みもつかない。

遠山は言った。

「君達は、もう家に帰る時間だろう？」

子供達はもはや言葉もなく、べそべそと泣き続けている。

ぶぎゃあぶぎゃあと、猫達は遠山に向かって野太い声で鳴き続けている。

三度目のため息が、遠山の口から漏れる。

「……とりあえず、預かるだけだからね」

子供達が、一斉に遠山を見た。

遠山は手に持っていた買い物袋を腕に引っかけ、女の子の膝(ひざ)の上から段ボール箱を持ち上げた。途端に猫達が飛び出してきそうになったので慌てて蓋(ふた)を閉め、箱を持ったまま立ち上がる。

女の子が言った。

「お、おじさん、飼ってくれるの⁉」

「聞いていなかったのかな。預かる、と言ったんだよ」

遠山は少し渋い顔を作って言う。

「他に飼いたいという人が見つかったら、すぐにあげてしまうよ。それでいいね？」

子供達が顔を見合わせた。それでいいのかどうかを、目と目で話し合っているのがわかる。ためらいと不信が瞬時に交錯し、けれどそれを上回る期待が彼らの目を輝かせた。

代表して口を開いたのは、最初に遠山に声をかけてきた男の子だった。

「猫達が幸せになれるお家なら、いいです」

「わかった。じゃあ、この猫達のことは私にまかせて、君達はもう家に帰りなさい」

遠山は箱を抱えて、今度こそマンションのエントランスに足を向けた。

オートロックの鍵を開けようとしたところで、念のため一度振り返ってみる。

子供達はまだそこにいて、遠山のことをじっと見ていた。

遠山が振り返ったことに気づくと、子供達はそろってがばりと頭を下げ、

「猫達を、よろしくお願いします！」

声をそろえて、そう叫んだ。


遠山の部屋は、七階建てマンションの五階にある。

猫の入った箱を抱えてエレベーターに乗り込んだ遠山は、他に乗客がいないのをいいことに、思わず壁に頭を打ちつけた。

「……何をやってるんだ、俺は……」

そうひとりごちて、箱を見下ろす。

何しろ猫である。生き物なんて、小さい頃にカブトムシやクワガタを飼ったことくらいしかない。自ら厄介事を背負い込むなんて、らしくないことをしたものだ。

しかし、今更後悔したところで遅い。

飼えもしないのに拾ったのかと子供達を責めた以上は、遠山もこの猫達をどこかに放り出すわけにはいかないのだ。

五階でエレベーターを降り、自分の家の鍵を開ける。この１ＬＤＫの部屋で、遠山は

ここ十年ほどの間、一人きりで静かに暮らしている。

とりあえず買い物袋をキッチンの床に下ろし、少し悩んで、遠山は箱を小脇に抱えたまま、リビングの隅に新聞紙を敷いた。

猫の入った箱を、新聞紙の上に据えてみる。

無駄な努力だった。

箱を置いた途端、蓋をはねのけるようにして、中から白と黒の毛玉が飛び出してきた。

「あっ、こら!」

毛玉達はあっという間にソファの下に潜り込み、そのまま出てこなくなってしまった。

仕方なく床に身を伏せ、ソファの下を覗(のぞ)き込んでみたら、うずくまった毛玉達と目が合った。ぶしゃーっと激しく威嚇され、慌てて遠山は身を起こす。今にも飛びつかれて鼻を食い千切られるかと思った。やっぱりこいつらは悪魔なのではないだろうか。

そもそも猫という生き物の扱いがわからない。

こいつらは何を食べるのだろう。映画などではよく拾った猫に牛乳をやっている気がするが、猫に牛乳をやると腹を壊すことがあると何かで読んだ気がする。それに、トイレはどうすればいいのか。ノミやらダニやらがいる可能性だってある。

遠山はスマホを取り出した。こういうときは専門家に頼るに限る。

近くの動物病院を検索してみると、二ブロック先に『はなむら動物病院』というのがあることがわかった。幸いなことに、まだ診察時間内だ。連れて行って、病気やノミの検査をしてもらって、ついでに誰か引き取り手がいないか訊いてみようと思う。

そこで遠山は、はたと気づいた。

猫を連れて行くためには、まず、このソファの下から引っ張り出さないといけない。

恐る恐る、もう一度覗いてみる。

ぶしゃああーっと威嚇の声が上がり、遠山がソファの下に手を入れようとした瞬間、激しい勢いで猫が床を叩いた。

再び身を起こし、遠山は頭を抱えた。

いい年をして、ちょっと泣きたくなっていた。


はなむら動物病院は、マンションの一階にテナントとして入っている小さな病院だった。何度か前を通ったことはあるはずなのに、今の今まで遠山はここに動物病院があるなんて意識したこともなかった。

遠山が動物病院の扉を押し開けたときには、受付終了まであと五分という時刻になっていた。……猫二匹を捕獲して元通り箱に詰め込むまでに、三十分以上かかったのだ。

受付にいた若い女性は、内部からの衝突でどったんばっこんと激しく揺れる箱を抱えた遠山を一目見るなり、

「どうされましたか」

と、目を剝いた。

遠山は段ボールの蓋を手で押さえつつ、努めて冷静を装って、

「……終了間際に申し訳ない。子猫を二匹保護したもので」

「それはお疲れ様です」

彼女はくりくりとした黒い目で遠山を見つめ、うなずいた。髪の短い、健康的な雰囲気の女性だった。

「では、こちらにご記入いただけますか？」

女性はそう言って、クリップボードとボールペンを遠山に渡した。待合室のソファに座って書くようにと指示される。

小さな待合室の中に、他に客はいなかった。遠山は、ようやく静かになった段ボール箱を傍らに置いてソファに座り、渡された記入用紙に目を向けた。

二匹分なので、用紙も二枚ある。記入項目は、飼い主の名前、住所、電話番号、動物の種類――そして動物の名前、年齢、性別。

遠山は眉根(まゆね)を寄せ、受付の女性に呼びかける。

「すみません。野良猫だったもので、年齢も名前もわからないんですが。性別も」

「ええと、子猫ちゃんなんですよね。でしたら、先生が診て、大体の月齢と性別を判断します。名前は、付けてください」

「いえ、だから名前はなくて」

「決めてください。仮でもいいので」

にっこり笑って、女性が言う。

遠山は、名前欄に『白』『黒』と書き込んで、受付の女性に提出した。白猫と黒猫なのだ、とりあえず個体認識ができればいい。正式な名前は、いずれ飼い主が見つかったら、その人があらためて付けるだろう。

ややあって診察室から声が聞こえた。

「遠山さーん、診察室にどうぞー」

遠山は段ボール箱を持ち上げ、診察室に入った。

診察室の中は狭く、中央に置かれた診察台が一番幅を利かせていた。その台の向こうに立って遠山を待ち受けていたのは、四十代くらいの熊のごとき大男だった。もじゃもじゃした癖毛の髪と同化するようにもじゃもじゃした髭(ひげ)が頬を覆い、半袖(はんそで)のユニフォームから覗く逞(たくま)しい腕もまたもじゃもじゃと実に毛深かった。

全体的にもじゃもじゃした獣医は、遠山がさっき提出した用紙を見つつ、

「どうも、花村(はなむら)です。子猫を保護したそうですが、いつ保護しました？」

「今日です。最初に保護したのは近所の小学生ですがね」

「保護したときの状況は？　その子達から聞きました？」

「……この段ボール箱に入れられて、ゴミ捨て場に捨てられていたそうです。蓋はガムテープでふさがれていたそうで」

「あー、じゃあ、飼い猫が脱走したとか迷い猫とかっていう可能性は薄いかな。とりあ

えず、顔見ましょうかね」

花村は遠山から段ボール箱を受け取り、

「おー、可愛い子達だ。よーしよし、とりあえず体重計ろうなー」

そう声をかけながら、大きな手で猫達を箱からつかみ出し、一匹ずつ診察台に乗せた。診察台が体重計も兼ねているらしい。

「はーい、お口の中を拝見……あー、二匹とも乳歯は全部生えそろってるな。たぶん、生後二ヶ月ってとこです。ただ、体重がちょっと軽すぎるんだよなあ……栄養状態がいまいちだ。お腹壊してる感じはしないから、近頃ろくに食べられてなかったのかな。母猫とはぐれてウロウロしてたところを、誰かが箱詰めにして捨てちゃったかな。ひっどいことするよなあ」

手際よく猫達の体を調べながら、花村が言う。遠山に向かって言っているのか、それとも独り言なのか、いまいち判別がつかない。

猫達は遠山が怯む勢いでさかんに威嚇の声を上げているが、さすが花村は慣れたものだ。恐れることなく猫達をひっくり返し、尻やら腹やらをチェックしていく。

一通り確認が終わると、花村は遠山に尋ねた。

「それで、今日はどうします?」

「どう、とは?」

遠山が訊き返すと、花村は説明してくれた。

「野良猫を保護した場合、普通やるのがノミやダニの駆除、感染症にかかってないかのチェック、あと予防接種です。一通りやっときます？」

「そうですね、お願いします。ああ、あと」

「はい？」

「飼い主になってくれる人を探したいんですが、そういう団体に引き取ってもらうことは可能ですか？」

「え、あなた自分で飼わないの？」

花村がもじゃもじゃと濃い眉毛の下の目をまばたきさせ、驚いたように遠山を見る。

遠山はとんでもないと首を振り、

「一時的に預かっただけです。飼うのはたぶん無理です」

「たぶんなんだ？　じゃあ、頑張れば飼える？」

「頑張ればって……」

「せっかく懐いてるんだから、飼えばいいのに」

花村が言う。

その声の歪みのなさに、遠山は少し戸惑った。遠山に猫を押しつけたいがための嘘や誇張ではないということだ。

が、さすがにそれはないだろうと遠山は首を振り、

「全く懐いてませんよ。ここに連れてくるのだって、大変でした。引っ掻かれたし」

「でもほら、今だってあなたの方見ながら、助けてーって必死の形相で鳴いてるし」

花村はそう言って、腕に抱えた猫達を顎で示した。

いやそんな馬鹿なと遠山は思う。が、猫達は確かに遠山の方を向きながら、ぶぎゃあぶぎゃあとわめいていた。

「動物はね、自分を助けてくれる相手ってのは意外と理解してます。ちゃんとわかってるんですよ、こーんな小さい頭でも」

「いやしかし……私にはとても」

「まあ、そういう団体を紹介することはできなくもないですけど。でも、この辺の団体は保護猫多すぎてパンクしかけてるところも多いし、まずは身の回りで飼ってくれそうな人探してみたら？　誰かいない？」

「それは……訊いてみないとわからないですね」

「じゃあ、とりあえずしばらくはあなたの家で面倒見るってことでＯＫ？」

花村が言う。遠山は渋々うなずく。

何か巧妙に誘導されたような気もしなくはないが、団体がパンクしかけているという言葉に歪みがなかった以上、嘘ではないのだろう。

遠山の渋面を見て取った花村が、また口を開いた。

「こいつら、れっきとした『命』なんでね。端から別の誰かに押しつけるつもりで保護したにしても、きちんとした相手に譲り渡すまでは、あなたが責任を持たないと駄目です。命に手を出すってのはそういうことです」

「はあ……それは、そのつもりです」

遠山は眉を寄せたまま、またうなずいた。

何しろ、この猫達は自分にまかせろと、あの小学生達に言ってしまったのだ。……遠山とて、なるべく嘘はつきたくないと思って生きている。

遠山は言った。

「引き取り手が見つかるまでは、とりあえず私が自分で面倒を見るつもりです。しかし、私は猫を飼ったことがないので、どうすればいいのかわからない」

「それはまあそうだろうけど――」

「――ですので、ご指導いただけるとありがたいと思っています」

遠山はそう言って、花村に向かって小さく頭を下げた。

すると花村は、おや、というように少し目を丸くした。

それから、急に機嫌が良くなったかのようににこにこし始め、

「あ、そう！　それじゃあ、必要なものはメモして渡すから、明日にでも買いに行って。今夜の分は、うちにあるやつを分けてあげるから、持って帰っていいよ」

「いや、それはさすがに」

「いい、いい、持ってって。――よかったねえ、レディ達。仮とはいえパパができたよ、面倒見てもらいな！」

花村が猫達に向かって言う。遠山はいやいやいやと首を横に振り、

「私は猫のパパなどでは……え？　待ってください、今、レディって言いましたか？」

「だってほら、雌猫だよ、二匹ともね」

花村が二匹を両手に持ち、尻を遠山の方に向ける。

てっきり雄だと思い込んでいた遠山は驚いて、

「ああ、それじゃあ、『白』と『黒』じゃなくて『白子』と『黒子』だったんですねえ、こいつらは……」

思わずそう呟いたら、花村がぶはははと声を上げて豪快に笑った。

「いや別に、雌だからって『子』をつけないと駄目なわけはないでしょ！　面白い人だなあ、あなた！」

別に面白いことを言ったつもりはないんだがな、と遠山はまた渋い顔を作ったが、花村はそれからしばらく笑い続けていた。

花村は、猫達の体を蒸しタオルで拭いて綺麗にして、首の後ろにノミ駆除の薬を垂らし、血を取って感染症の有無を調べた。二匹とも、猫エイズにも猫白血病にもかかってはいないそうだ。ただし、栄養状態が悪いので、予防接種はまた後日にするらしい。

「このくらい育ってる猫なら、もう自力でフードは食べられるし、下の世話もいらない。ただ、トイレの躾は必要だと思う。今夜の分のトイレ砂は分けてあげるから、適当な平

たい箱に敷いて、これがトイレだよって教えてやって。最初は失敗すると思うけど、まあ、叱るのはほどほどに。これが猫の飼育に必要なもののリスト。駅前のスーパーより、ちょっと遠いけどこっちのホームセンターの方が諸々(もろもろ)安く買える。一週間後にまた連れてきて。予防接種はそのときに、できたらしよう」

花村はそう説明しながら、遠山の手にできた引っ掻き傷の手当てもしてくれた。

受付で渡された診察券には、『白子』『黒子』とぼっちり『子』が足されていた。

なかなかの金額にひそかに慄(おのの)きつつ、会計を終え、猫を連れてマンションに戻った。

ちょうど上から下りてきたエレベーターに乗ろうとすると、開いた扉の中から中年の女性が出てきた。同じ階の住人だ。

遠山は彼女に向かって「こんばんは」と声をかけ、小さく会釈した。

隣人付き合いはほぼしていないが、顔を合わせたら挨拶(あいさつ)くらいはするようにしている。都会の人付き合いというのは希薄で助かる。

が、いつもなら同じく挨拶と会釈だけを返してくるはずの彼女は、なぜかびっくりしたような顔をして、

「ど、どうしたんですっ？」

そう尋ねてきた。

汚れた段ボール箱を抱えているのを不審に思われたかと、遠山は慌てて、

「実は猫を保護しまして。今、動物病院に行ってきたところで」

「あ、ああ、そ、そうですか……それは大変でしたね……」

女性が言う。ちょっと視線が泳いでいるのが気になった。

もしや猫が嫌いなのだろうかと思いつつ、遠山は念のため尋ねてみた。

「飼い主になってくれる人を探しているんですが、いかがですか？　まだ子猫で、白いのと黒いのがいます」

「あー……うちは、結構です……それじゃ……」

苦笑いのような笑みを浮かべながら、女性は去っていってしまった。

やはりそう上手くはいかないかと肩を落としつつ、遠山はエレベーターに乗った。

自宅に帰り着き、さっき敷いた新聞紙の上に段ボール箱を下ろす。

猫達は案の定、また箱の中から飛び出して、ソファの下に避難した。

遠山は気にせず、病院で分けてもらった子猫用の餌を平皿に盛り、飲み水を入れた器を横に置いた。それから、あまり高さのない小さめの箱を探してきて、やはり病院で分けてもらったトイレ砂を入れる。

餌場とトイレが設置されても、猫達はソファの下から出てこなかった。

やはり全く懐いてはいないよな、と遠山は思う。懐いているというあの花村の言葉は、おそらく彼自身の勝手な思い込みだったのだろう。

やることが一段落すると、腹が減った。

そういえば猫にかまけていて、夕食の支度もまだだった。今日は早く帰れたから自炊しようと思っていたのに、もういい時間になってしまった。

とりあえず手を洗ってこようと、洗面所に入ったときだった。

洗面台の鏡に映る己の姿に、遠山はぎょっとした。

髪もシャツも乱れ、なんともひどい有様だったのだ。

動物病院に行く前、猫を捕獲しようと孤軍奮闘していたときにこうなったらしい。自分はこんなぼろぼろの格好で外に出ていたのかと、今更ながらに恥ずかしくなる。どうりで病院の受付の女性や先程の隣人女性が目を剝いたわけだ。いつも身なりには極力気を遣うようにしていたのに。

「……まったく、何をやってるんだ、俺は……」

さっきも呟いたような気がする言葉をまた口にしつつ、手を洗ってリビングに戻る。

その途端、遠山は異変に気付いた。

さっき入れたはずの餌がない。

綺麗に消えている。馬鹿な、と思う。遠山がリビングを離れたのは、ほんのわずかな時間なのに。

ソファの下を覗き込んでみると、はたしてそこには口元にフードのかけらをつけた猫達がいた。

「……もう食べたのか」

猫達はソファの下で身を寄せ合ったまま、遠山の方を見ている。

遠山はからっぽの器に新たにフードを盛り、床に置いた。

離れた位置からしばらく見ていると、やがて猫達はそろそろとソファの下から姿を現し、器に顔を突っ込んであっという間にがつがつとたいらげた。

ろくに食べられていなかったのだろうと、花村は言っていた。飢えているのだ、この猫達は。

とはいえ、急に大量に食べすぎても吐くかもしれない。遠山は、からっぽになった器をべろべろと舐め回している猫達を放って、自分の食事の支度を始めた。

しばらくしてから猫達の方をそっと窺ってみると、猫達は餌場の横で一丁前に毛繕いをしていた。多少は寛ぎ始めたらしい。

しかし、早く飼い主を見つけなければならない。

それがこの猫達のためだと思う。ペットを飼ったことなどない自分が、この猫達を幸せにできるとはとても思えない。

本当に——今日は、らしくないことをした。

そう思う。

そんなことをしてしまった理由は、自分でもよくわかっていた。

それがなんとも情けなくて、遠山は今日何度目かわからないため息を吐いた。

遠山の耳がこうなったのは、小学五年の夏のことだ。

遠山の祖父母は父方も母方も早くに亡くなっており、夏休みに遊びに行く親戚の家といえば、長野にある母方の伯母の家だった。

東京でマンション暮らししかしたことのなかった遠山には、山に囲まれた村の景色も、古くて大きな田舎の家も、何もかもが物珍しくて新鮮だった。知らない番組しかやらないテレビにあっさり見切りをつけ、遠山は三歳上の従姉と、そして四歳下の妹と共に、ひたすら山や川で遊んだものだった。

妹の名前は桃花。遠山によく懐いていた。お兄ちゃんお兄ちゃんと言いながら、いつも遠山の後を追いかけてきた。

遠山も、妹を可愛がっていた。妹が泣く度、遠山はいても立ってもいられないような気分になって、兄の自分が何とかしなければいけないと思った。

伯母が住む村では、毎年お盆の時期には盆踊りが開かれた。

遠山も桃花もそれがとても楽しみだった。伯母に浴衣を着せてもらって、桃花と手をつないで祭会場の広場に走っていった。

見様見真似で踊る盆踊りも楽しくはあったが、屋台の魅力には敵わなかった。ヨーヨー釣りに射的にくじ引きに金魚すくいにお面屋、かき氷に焼きそばに焼きトウモロコシにリンゴ飴。真っ赤な祭提灯が照らし出すそれらの屋台は、子供の目にはとにかく魅惑的で、どれ一つとして逃してはならぬものに思えた。どん、どん、どどん、という祭太鼓の音はこちらの心を奥底から震わせ、興奮して遊び回る子供達を村の大人達は優しく見守っていた。

その年、遠山と桃花は祭の屋台でくじ引きをやった。

桃花は残念賞のラムネ菓子だったが、遠山は赤い石がついたおもちゃの指輪を当てた。

とても綺麗な指輪だった。大きな赤い石も金の土台も、屋台の電灯の下でまるで本物の宝物のようにきらきらと眩しく輝いていた。

遠山はそれを妹にやった。

桃花の喜びようといったらなかった。早速薬指にはめ、「桃花、お姫様みたい？」と言いながら、浴衣の袖を翻してくるくるとその場で回った。

だが、その指輪は、まだ小さな桃花の指にはサイズの合わないものだった。

指輪をなくしたことに桃花が気づいたのは、盆踊りが終わった後、伯母の家に戻ってきてからのことだった。

当然のように桃花は泣いた。わんわんと、身も世もなく泣いた。

遠山は、すぐに外に探しに行こうとした。

だが——伯母に止められた。

それどころか、こんな時間に子供が外に出るとは何事かときつく叱られた。いつも優しい伯母がそんな風に遠山を叱るのなど初めてのことで、遠山まで泣きそうになった。

風呂を済ませ、布団に入っても、桃花は泣き止まなかった。従姉がどれだけ優しくなだめても、いつまでもしくしく泣いていた。そしてそのまま泣き疲れて眠ってしまった。

従姉は困った顔で笑い、「朝になったら探しに行こう」と遠山に言って、自分の部屋に戻っていった。

泣き腫らした顔で眠る妹を見下ろし、遠山は己を責めた。

自分が悪いのだ。指輪がぶかぶかなことは知っていたのに。自分は妹と手をつないで帰るとき、指輪をしていない方の手を握っていた。あれが失敗だったのだ。

早く探しに行かないと、他所の誰かが指輪を拾って、そのまま持って行ってしまうかもしれない。だって、あんなに綺麗な指輪なのだ。欲しがる者はきっといる。

そう思ったら、とても朝までなんて待てなかった。

遠山と桃花に割り当てられた仮の子供部屋は一階にあり、庭に面していた。遠山は縁側に続く引き戸を開け、そっと外を窺った。

しかし、こんな夜更けに一人で外に出るにはやはり勇気が必要だった。

遠山は、祭の屋台で買ったお面に手をのばした。

その頃好きだった漫画のヒーローのお面が、小学五年の遠山に勇気をくれた。

お面をかぶり、外に出ようとしたときだった。

「おにいちゃん」

後ろから、声がした。

振り返ると、眠っていたはずの桃花が、布団の中で目を開けてこっちを見ていた。

「お兄ちゃん、どこ行くの？　桃花も行く」

「桃花は心配するな」

お面をちょっとずらし、遠山は桃花に向かって笑いかけた。

「指輪を見つけて、戻ってくるから。桃花は寝てろ」

遠山はそう言って、お面をかぶって外に出た。

田舎道には外灯などぽつりぽつりとしか立っていなかったが、その晩は奇妙なほどに星も月も明るかった。これなら指輪もすぐに見つかると思った。青い月明かりを受けて、あの金の指輪はきっときらきらと魔法のように光るはず。……そんな風に信じるくらいには、当時遠山はまだ子供だった。

そして——それが聞こえたのは、祭会場の広場に近づいた頃だった。

どん、どん、どどん。夜の静寂を打ち破り、太鼓の音が響いていた。

祭の櫓(やぐら)の上で叩(たた)かれる大太鼓の音だ。まだ祭をやっているのだ。

おかしいな、と思いはした。

だって、祭はいつも夜の八時に終わるのだ。その時間になると太鼓は止み、屋台は一斉に店じまいして、大人達は「子供は帰れ。寄り道せずにまっすぐに。そして今夜は早く寝ろ」と唱えながら子供達を追い払う。

今まで、こんな時間に太鼓の音を聞いたことはない。それなのに、今年に限ってどうしたのだろう。

広場が見えてきた。青い提灯がたくさん吊(つ)るされていて、たくさん人がいる。そうか、今年はきっと何か特別な年なんだな、と遠山は納得する。どん、どどん、と太鼓が鳴る。その音に誘われるように、遠山は広場に足を踏み入れる。なんとなく、指輪はこの会場に落ちているような気がした。きっとそうだ、そうに違いない。どん、どん、どどん、と太鼓が鳴る。太鼓が鳴る度、根拠のない確信は胸の中で強さを増していく。指輪は必ずここにある。どん、どん、どどん、と太鼓が鳴る。

――でもおかしいな、と遠山はようやく思う。

どうして皆、音楽なしで踊ってるんだろう。

太鼓の音しかしないなんて変だ。それに、どうして皆、顔にお面をつけてるんだろう。どうして提灯が青いんだろう。さっきまで赤い提灯を吊るしていたはずなのに。

いや、そんなことよりも、指輪を探さなければ――

「宏孝」

突然、誰かが潜めた声で遠山を呼んだ。

振り返ると、おたふくのお面を着けた女の人が立っていた。

女の人は遠山の方に歩み寄ってくると、地面に膝(ひざ)をつくようにして、遠山の両腕をつかんだ。

「宏孝。どうしてここにいるの。あんたはここに来ちゃいけないのに」

「誰？」

遠山が尋ねると、おたふくは一度口をつぐみ、

「……あんたの、おばあちゃんだよ」

「嘘。だって、おばあちゃんは」

父方の祖母は、父が幼い頃に死んだと聞いている。母方の祖母が死んだのは、遠山が四歳のときだ。どっちにしてもここにいるわけがない。

おたふくは立ち上がると、遠山の手を握って歩き出した。

そのとき遠山は、おたふくの手の甲に大きな火傷(やけど)の痕(あと)があることに気づいた。

「本当におばあちゃんなの？」

「静かにおし。黙って歩くんだよ」

「ねえ放して、桃花の指輪を探さないと駄目なんだ。ここで落としちゃったんだよ」

「後でおばあちゃんが探しといてやるよ。だから、今は口を閉じて歩きなさい」

おたふくが遠山の手を引く力は強く、遠山は半ば引きずられるように広場の奥へと連れて行かれた。

どの屋台も店仕舞い済みだと思っていたのに、お山に続く階段の前に一つだけ、まだやっている屋台があった。黒い鬼のお面をつけた法被姿の男の人が一人、腕組みしながら中に立って睨(にら)みをきかせている。

台の上には、リンゴ飴と、アンズ飴と、べっこう飴があった。

おたふくが言った。

「帰りたかったら、あの中から一つだけ選びなさい。じゃないと、あんたは帰れない」

「どうして?」

「そういう決まりだから。代償が必要なんだよ」

おたふくはそう言って、リンゴ飴を指差した。

「いいかい。あれを選んだら、あんたは歩けなくなる」

なんてことを言うのだと思った。絶対に嫌だった。

おたふくは次に、アンズ飴を指差した。

「あれを選んだら、あんたは喋れなくなる」

それも嫌だった。恐ろしかった。

最後におたふくは、べっこう飴を指差した。

「あれを選んだら、あんたは孤独になる」

「孤独って、どういうこと……?」

遠山はおたふくに向かって、震える声でそう尋ねた。

おたふくは答えた。

「歩けるし、喋れるけど、誰とも一緒にいられなくなる」

よく意味がわからなかった。

でも、どうしてもどれかを選ばなければならないのなら、一番ましなやつを選ぶしかなかった。

だから。

「だったら——べっこう飴にする」

遠山はそう言って、自らその飴に手をのばした。

翌朝、気づくと遠山は布団の中にいた。

なんだ、夢だったのかと思いながら起き上がり、遠山はうーんと伸びをした。

その途端、右手の中から何かがこぼれ落ちたのがわかった。

ぽとりと布団の上に落下したそれは、桃花がなくした指輪だった。

「……桃花！　桃花、起きろ！」

遠山は、隣の布団で寝ている桃花を叩き起こした。

桃花は最初ぐずぐずと起きるのを嫌がっていたが、遠山が指輪を見せると飛び起きた。

「探してきてくれたの？　ありがとう！」

じゃあやっぱり、昨夜のあれは夢ではなかったのだろうか。

遠山は布団から出て、そっと隣の部屋との境にある襖（ふすま）を開けた。

隣は仏間で、壁の高い位置にはこの家で亡くなった人達の写真が何枚も掲げられていた。額に入ったそれらの写真はどれも古くて白黒で、なんだかいかめしい雰囲気だが、その中には祖母の写真もあるはずだった。

しかし、何しろ昨夜の祖母はお面で顔を隠していたのだ。写真と比べようもなかった。

仕方なく、遠山は母のところへ行った。

母は伯母（おば）と共に台所にいて、朝食の支度をしていた。

「ねえ、お母さん。おばあちゃんって、手に火傷の痕があった？」

「そうね、右手の甲に結構大きな痕があったわね。お母さんが小さい頃に火傷したの。よく覚えてるわね、おばあちゃんが死んだとき、あんた小さかったでしょう」

「昨夜会った」

「え？　ああ、夢を見たの？」

母は何を言っているんだという顔で笑った。

けれど、その後ろに立つ伯母は、包丁を握りしめたまま、なぜだかひどく強張（こわば）った顔をしていて——怖くなった遠山は、すぐに台所から逃げ出した。

こんな時間に子供が外に出るとは何事かと昨夜きつく遠山を叱ったときと、同じ顔だったからだ。


遠山が己の耳の異常に気づいたのは、東京に帰ってからのことだった。

当時、遠山と桃花がよくやっていた遊びに、『嘘と本当』というのがあった。

じゃんけんで負けた方が、三つ話をする。そのうちの一つだけが本当の話で、残り二つは作り話だ。じゃんけんに勝った方は、どれが本当の話かを当てる。そんな他愛ないゲームだった。

じゃんけんの結果、桃花が話をする側、遠山が話を聞いて当てる側になった。

桃花はこの遊びが得意だ。というか、本人は得意だと思っている。二回に一回くらいは、遠山がわざと負けていたからだ。

桃花は胸を張って口を開いた。

「えっとー、じゃあ一つ目の話ね！　この前公園で、ワンって鳴く猫に会ったの！　茶色くて縞模様のある猫だった！」

途中から桃花の声が滅茶苦茶に歪んで聞こえて、遠山はびくりとした。

何が起きたのかわからなかった。桃花の高くて可愛らしい声が、突然大人の男の人の声みたいに低くなったかと思うと、直後にヘリウムガスでも吸ったかのように甲高くなった。ぐにゃんぐにゃんと不規則に高低が変わる声はひどく気持ちが悪くて、遠山は思わず耳を押さえた。

「桃花？　変な声出すなよ、気持ち悪い」

「出してないよ？　桃花、普通に話してるもん」

「嘘つけ、声が変だ」

「もう、変なのはお兄ちゃんだよ！——えっと、じゃあ二つ目のお話ね！　あのね、昨日のことなんだけど、尻尾が虹色に光るトカゲを見たの！　すごく長い尻尾だった！」

今度は歪まなかった。

何だったんだろうと思いながら、遠山は「三つ目は？」と促す。

「三つ目のお話はねー、お母さんがスイカを切ったら、中から百円玉が出てきたんだって！　桃花がもらっていいって言うから、今その百円玉は貯金箱の中にあるの！」

また声が歪んだ。

遠山は顔をしかめて、桃花を睨んだ。

「桃花。気持ち悪い声出すなって」

「出してないもん！　ほら、早くどれが本当か当てて！」

いつもなら、わからないふりをして「ヒントは？」と訊いてやることにしていた。

でも、桃花がふざけて変な声を出しているんだと思うと腹が立って、遠山はさっさと終わらせてしまうことにした。

「二つ目が本当。尻尾が虹色のトカゲなら、俺も見たことがある」

「……当たり。えー、じゃあ、もう一回！　もう一回桃花が話す！」

だが、何度やっても、桃花の声は二つの話でひどく歪んだ。

桃花の声を聞いていると、脳味噌をぐちゃぐちゃとかき回されているようで、吐き気がした。ぐらぐらと視界が揺れ、遠山は両手で耳をふさぐようにしてうずくまった。

母が部屋に入ってきたのは、そのときだった。

真っ青な顔でうずくまっている遠山を見て、母は血相を変えた。

「宏孝!?　どうしたの！」

「お母さん……桃花の声、気持ち悪い……吐きそう」

そこで遠山の意識はぶっつり途絶え、目が覚めたときには病院にいた。

医者は、どこにも異常はないと言ったらしい。遠山も、起きたときには気分が良くなっていた。

だが、それから帰宅し、桃花と遊んでいたら、また桃花の声が歪んだ。

「お母さん。桃花の声、気持ち悪い」

遠山はそう母に訴えた。

――……夏休みだった。

まだ学校は始まらず、仲の良い友達は親戚(しんせき)の家に遊びに行ったままで、桃花以外の子供に会う機会が少なかった。

「気持ち悪いよ。桃花の声」

だから、なかなか気づかなかったのだ。

歪んで聞こえるのは、別に桃花の声だからというわけではないということに。

「桃花の声聞いてると、吐きそうになる」

桃花が嘘を言うと歪んで聞こえるというのはなんとなくわかっていたけれど、それは桃花のせいなのだと思っていた。

当時、桃花は小学一年生。本当とは違うことを口にするのが単純に楽しい年頃でもあったし、何か失敗すればすぐに嘘をついてごまかそうとした。

その悉(ことごと)くが、遠山の耳にはひどい歪みとして響いた。

「気持ち悪いんだよ、桃花の声が。聞いていたくない」

ある朝、桃花の声が出なくなった。

両親も遠山も、最初は桃花がふざけて口をパクパクさせているのだと思った。

違った。

桃花は、本当に、何の声も出せなくなっていた。

母は、遠山と桃花を連れて病院を幾つも巡った。

父はあちこちの人に頼み、様々な伝手(つて)をたどって、何人もの医者や専門家を紹介してもらった。

それを突き止めたのは、あるカウンセラーだった。

「桃花ちゃんの声が出なくなったのは、精神的な理由です」

筆談で桃花と長いことやりとりを交わしたそのカウンセラーは、そう告げた。

「『自分の声は気持ち悪いから』『お兄ちゃんが倒れちゃうから』──そう思っているようです。だから、桃花ちゃんは声を出すのをやめてしまったんです」

遠山のせいだった。

遠山が桃花に呪いをかけたのだ。

──『お前の声は気持ち悪い』という呪いを。

それから桃花が喋れるようになるまでには、長い時間がかかった。

それほどに、遠山が桃花の心に負わせた傷は大きかったということだ。

遠山の耳の異常の原因を突き止めてくれる医者は、ついに現れなかった。

誰であろうと嘘を言う者の声が歪んで聞こえるのだということは、そのうちにわかった。だが、現象を理解したところで、その理由はわからないままだった。

桃花は、声が出せるようになってからも、ほんの小さな声でしか話さなくなってしまった。己の声を恥じるようにうつむいてぼそぼそと喋るのがやっとで、遠山が近くにいるときはほとんど口を開かなかった。快活でよく笑う子だったのに。

遠山が桃花をそんな風にしたのだ。

両親も、そんな桃花と遠山をどう扱えばいいのかわからないようだった。

大学進学を機に、遠山は実家を離れた。地方の大学に進み、就職して東京に戻ってからも、実家には寄りつかなかった。連絡も取らなかった。

遠山が就職したのは、そこそこ規模の大きな組織系建築設計事務所だった。そこで得られる限りのノウハウを学び、実績と人脈を作った。

遠山が自分の事務所を開いたのは、三十歳のときだ。

独立すると遠山が告げたとき、上司はたいして驚きもしなかった。

「――ああ、そう。まあ、君はいずれ独立するつもりなんだろうなとは思ってたよ」

そうですかと遠山が言うと、上司は、うん、とうなずき、

「君はちゃんと仕事できる人だから、できれば長くいてほしかったんだけどね。でも君、どっちかって言うと一匹狼タイプでしょ。こういう大きめの会社には向かない人だよね」

きっぱりとそう言い切った上司を、遠山はむしろ気持ちよく感じた。よく部下を見ている、優秀な人だった。

耳がこうなって以来、遠山は、人と関わるのが苦手になっていた。

訓練によって、声の歪みに対する耐性はある程度つけることができた。もう子供の頃のように倒れたりすることはない。

だが、人が嘘をつく声が不快であることに変わりはなかった。

そう――人は嘘をつく。

誰だってそうだ。決して嘘を言わない人間などこの世に存在しない。

些細な嘘を反射的に口にする癖がついている者。正直者を装いつつ、巧妙に事実を偽ろうとする者。別にばれてもかまわないとばかりに、堂々と嘘をつく者。この世の中はそんな人間で満ちている。遠山だって、人のことは言えない。必要ならば嘘も言う。

『嘘も方便』という言葉は全くもって正しく、もしこの世から嘘というものを完全に取り払ってしまえば諍いが増えるだけだと思う。

けれど、嘘を聞いたときの神経を引っ掻かれるような不快感と、ああ今こいつは自分に嘘をついたんだなと気づく度に押し寄せる失望感は、遠山から深い人付き合いというものをどうしようもなく遠ざけた。

『あんたは孤独になる』

『誰とも一緒にいられなくなる』

あの夏の夜。

青い祭提灯の下で、遠山に向かってそう言ったのは、確かに祖母だったのだろう。

死者の呪いを受けた遠山は、祖母の言葉の通り、孤独のうちに生きて死ぬのだ。

……桃花が結婚する、という連絡がきたときにも、遠山は返事もしなかった。

せめてこれ以上この身の呪いを家族に及ぼさないようにすることだけが、今の遠山にできることだと思った。


それでも時折、家族のことを——妹のことを、思い出すことはある。

そんなとき思い出す妹の顔は、どうしてか大抵小さい頃の泣き顔だ。

転んで膝を擦りむいた。上級生に意地悪をされた。大事な指輪をなくした。そう言って、わんわん泣く幼い妹の顔。

その度に遠山は、よしまかせろお兄ちゃんがなんとかしてやるからなと、自分にできる限りのことをしようとした。

今ではもう遠い昔のことだ。

二度と戻ってはこない、過ぎ去った過去の話だ。

だから——子猫が二匹入った段ボール箱を抱えて泣いているあの女の子を見たとき、遠山は妹のことを思い出してしまったのだと思う。

もう四十も半ばを過ぎた年だというのに、遠山の中の『お兄ちゃん』の部分はいまだに死んでいないのかもしれない。

「……だからって、いくらなんでも早まったよなあ……」

現在の己に意識を戻し、遠山はまたしても身の底からのため息を吐く。

一人きりで暮らす部屋。そこに紛れ込んだ——猫という異物。

引き受けてしまった以上、今更投げ出すわけにはいかないのだが。

「明日……色々買いに行かないとなあ」

幸いなことに明日は土曜日で、仕事は休みだ。この土日でなんとか猫どもが仮に暮らせる環境を整えて、月曜になったらまずは事務所で飼い主候補を探そう。

そう思った。


土日を猫達と過ごした遠山は、自分の認識が甘かったことに気づいた。

花村にもらったメモを携えて、フードと猫用トイレと爪研ぎ板とキャリーバッグを買いに行き、その出費に懐を痛め——しかし、猫達ときたら、そもそも猫用トイレや爪研ぎ板というものが何なのかを理解できていなかった。

いや、気持ちはわかる。トイレ砂も爪研ぎ板も、きっと生まれて初めて見たのだろう。

知らないものを警戒するのは、動物として当然だ。しかし、だからといって、その辺の床やらスリッパやら観葉植物の鉢やらで用を足すのはやめてほしいし、ソファの裏で爪を研がないでほしい。それとも、壁や床で爪研ぎしないことを褒めるべきなのだろうか。また、部屋の中で寛ぎ始めたのはいいが、二匹でしょっちゅう追いかけっこするのも勘弁してほしい。小さな毛玉が部屋の中を駆けずり回るせいで、ゴミ箱が倒れたり、テーブルから物が落ちたり、よじ登られたカーテンに爪の痕がついたりする。移動が縦横無尽すぎて、ついていけない。

鳴き声も、相変わらずぶぎゃあぶぎゃあと野太くて可愛くない。

一応、動物病院に電話して訊いてはみたのだ。鳴き声がおかしいのは病気のせいかと。だが、花村曰く、「声が嗄れてるだけ」とのことだった。いずれ治るらしい。

――かくして月曜日。

事務所に出勤した遠山を見て、七人いるスタッフ達は一様に、えっという顔をした。代表して口を開いたのは、男性スタッフの林だった。

「しょ、所長？　どうかされたんですか……？」

「どうかしたように見えるのかな」

遠山は林に尋ねる。家を出る前に、身なりの確認は一応したはずだった。

林は、言葉に迷うような表情をした後、

「いやー、なんか顔がお疲れっていうか……その、憔悴感が漂ってて」

言われて遠山は、思わず片手で己の顔を覆う。週末に猫二匹に振り回された疲労が、げっそりと顔に出てしまっているらしい。

スタッフ達は心配そうにこっちを見ている。遠山は何でもないのだと軽く手を振り、

「ああ、実はその……子猫を保護してね。世話が思いのほか大変で」

「へえっ、所長が子猫を⁉ 飼うんですか、意外ですね」

「いや、あくまで一時保護なんだが……そんなに意外かね、私が猫を飼うのは」

林の言葉に若干の引っ掛かりを覚え、遠山は尋ねる。

すると林は笑って、

「あー、いえ、まあ、独身貴族らしいっちゃらしいですけど。なんか所長、人だろうと動物だろうと、あんまり誰かと一緒に暮らしてるイメージがなくて」

「それはつまり、そんなにも私は冷たい人間に見えるということかな」

「あっ、いやっ、そういう意味じゃなくて……なんかこう、自分のスタイルが確立してる感じっていうか、他者の介入を許さないっていうか……？」

「君は話せば話すほど墓穴を掘るタイプだな、林くん」

林の声の歪(ゆが)みに苦笑いしたくなる。他人から自分はそう見えているらしい。

遠山はスタッフ達の顔を見回しながら、尋ねた。

「というわけで、猫の飼い主になってくれる人を探してるんだが、誰かいないかな。白猫と黒猫で、どちらも雌だ。獣医の話では生後二ヶ月、少々体重が軽すぎるようだが、

健康状態はそれほど悪くない」

はいと手を挙げる者はいなかった。やはり、そう簡単には見つからないようだ。

せめてと思って、遠山は続ける。

「もし初めて猫を飼うというなら、うちにある猫用品一式もセットでつけよう。その条件で、知人友人にも聞いてみてもらえないかな」

「え、所長、猫用品わざわざ買い揃えたんですか⁉ それはもう、ご自分で飼った方がよくないです？」

事務担当の大野が言った。

勘弁してくれという顔をした遠山に、今度は沢木が言う。

「写真はないんですか？ 猫ちゃん達の顔、見てみたいです」

「……写真は、撮ろうとしたんだが……動きが速くて。スマホを向けると逃げるし」

「ああ、猫ってスマホのカメラ苦手な子が多いって聞きましたよ。目玉みたいに見えるらしくて、怖がるんですって。でも、貰い手を探すなら、写真はあった方がいいかもです。頑張って撮らないとですね！」

沢木の横の席の村田が、そう言って笑った。

確かにそうだなと思いつつ、遠山は自分の席に座った。猫の話はこのくらいにして、仕事にかからないといけない。

遠山の建築設計事務所は、個人宅の建築の依頼がほとんどだ。依頼主の要望を聞き、敷地や費用などから幾つかプランを提案していく。契約がまとまれば、実際に工事に使用する図面を作成し、床や壁やキッチンなどのデザインを決める。図面が完成したら、工事を担当する工務店に見積もりをとり、クライアントがその金額で納得したなら、地鎮祭をして工事スタートだ。

その過程で、様々な計算や申請が必要になる。大抵幾つかのプロジェクトが同時進行しているから、時期によってはばたばただ。

「所長。今日の午後一時のクライアントとの面談、よかったら同席していただいてもいいですか？」

沢木が遠山のもとに相談にやってきた。

沢木はまだ若いが、優秀な設計士だ。だが以前、若い女性だからというだけで沢木に対して見下した態度をとろうとした客がいたため、面談には同じグループの林を同席させるようにしていた。

遠山は沢木に対してうなずき、

「ああ、その時間なら空いているから大丈夫だよ。林くんは、都合が悪い？」

「あ、ええ、聞いてみたんですけど……」

沢木が言いながら、林の方を振り返る。

視線に気づいた林がこっちを見て、

「あー、すみません、今日中に申請書類出さないと駄目なやつがあって！　午前中に書いて、午後に直接持って行こうかと思ってるんです。なので、ちょっと……」

申し訳なさそうな顔でそう言った林の声が、思いきり歪んだ。

遠山は目を細め、

「林くん。――今日中に申請書類を出さないといけない案件って、どれのことかな」

「あー、ええっと、藤原邸の建築確認……」

「それは来週が期日だったと認識してるけど」

遠山がそう指摘すると、林の顔がかすかに引き攣った。

それから、慌ててスケジュールをチェックするふりをして、

「……あっれえ、本当だあ、すみません！　俺の勘違いでした！　ごめん沢木、俺、今日同席できる！」

「いや、いいよ。私が同席しよう。林くんは、その申請書類を片付けて。遅れるよりは、早く出してしまった方がいいからね」

にこりと唇だけで笑いながら遠山が言うと、林はますます顔を引き攣らせながら、わかりましたと返事をした。

沢木が苦笑にも似た表情を浮かべて、遠山に小さく頭を下げた。

「すみませんが、それではよろしくお願いします」

「ああ、わかった」

遠山はそう言って、手元の仕事に戻る。

そうしながら、遠山はそっと片手を耳にやった。まだ林の声の歪みが少し耳の中に残っているような気がして、不快だった。

林は、仕事面ではそこそこ使えるのだが、自分より後輩の沢木の方が優秀であることについて、どうもコンプレックスを抱いているらしい。表面上は仲良くしているようなのに、時折先程のような軽い嫌がらせをする。……度を越した時点で、いつか首を切ろうと遠山は考えている。

――この耳の力は厄介だが、同時にギフトでもある。

相手が信頼に足るかどうか、見分けることができるからだ。仕事の面では、特に役に立つ。

遠山はいつもこの耳の力で、取引先の業者やスタッフや顧客をある程度ふるいにかけている。些細な嘘ならば見逃すが、ああこいつは駄目だなと失望した時点で、さっさと切り捨てるようにしている。不誠実な人間と仕事を続けたところで良いことなどないし、日常的なストレスは少ない方がいい。

「普段は温和なのに、ある日突然態度が豹変する」――それが、仕事上の遠山の評判であることは知っている。

他の者達には、特に理由もなく遠山が手のひらを返したように見えるのだろう。だが、それは相手の嘘つき度合いが遠山の許容範囲を超えたというだけの話だ。

どんな力であれ、それが武器になるのであれば、利用しない手はない。

『あんたは孤独になる』

それがこの身にかかった呪いなら、遠山は遠山自身で己を守り、生きていかなければならないのだ。いつか死ぬその日まで。

一人で生きるというのは、そういうことだ。

その日は仕事が遅くまでかかり、家に帰り着いたときには疲れ切っていた。

適当に買ってきた惣菜が入った袋を置き、思わずぐったりとソファに倒れ込む。

資材の見積もりにおかしな点があったので業者に電話で確認したら、担当者がひどい嘘つきだったのだ。前任の担当は誠実な人だったのだが、今回から担当になったその男はどうにもいい加減な性格らしい。ろくに確認もせずに「そっちの認識がおかしくないですか」と言い出す始末で、今すぐ別の業者に変更しようかと思ったくらいだ。

最終的には向こうが誤りを認め、すぐに見積もりし直すということで話が落ち着いたが、それまでに延々聞かされた歪み狂った声のせいで、頭が重かった。

――みゃー、という小さな声が聞こえたのは、遠山がソファに倒れてからしばらく経った頃だった。

クッションに半ば顔を埋めたまま、片目だけ開けて床を見やると、白い毛玉と黒い毛玉が並んでこっちを見上げていた。

「……ああ、腹が減ったのか」

朝、出勤前に多めに餌は出しておいた。が、もう全て食べてしまったのだろう。早くメシの支度をしろと言っているのに違いない。どうせ猫用トイレは使用していないだろうから、掃除も必要だ。

でも、できればあともう少しだけ、倒れたままでいたかった。

「すまんが、五分待ってもらえないか。猫にはわからないかもしれないが、人間は仕事をして疲れているんだ」

ぼそぼそと、遠山はそう言った。

そのとき、白い方がぽんと遠山の顔の横に飛び乗ってきた。

遠山はびくりとして、思わず身を起こした。食いつかれるかと思った。

が、白猫はそのまま遠山に身を寄せ、ぐーぐーと聞き慣れない奇妙な音を発しながら、小さな頭をこすりつけてきた。

何だこれはと思った直後に、今度は足に柔らかなものが触れたのを感じた。見下ろすと、黒猫が体をこすりつけている。こちらもまた、ぐーぐーという音を発していた。

猫達が空腹のあまり腹を鳴らしているのかと、一瞬思った。

いや――もしかして、これは。

「……喉(のど)を鳴らしてるのか？」

猫というのは喉を鳴らす生き物だという。これまであまり猫と触れ合ったことがなかったせいもあって、直接聞くのは初めてだった。

　猫達はぴんと尻尾を立てながら、喉を鳴らし続けている。

　よく漫画や小説では「ごろごろ」という擬音があてられている気がするが、実際に聞いてみると、やはり遠山には「ぐーぐー」としか表現できなかった。その震えるような振動音は、こんな小さな猫から発せられているというのに意外なほどに大きく、けれど決して不快な音ではなかった。

　にゃー、と白猫が鳴く。

　おかえりと言っているのか、早くメシを寄越せと言っているのかはわからない。

　でも、このとき遠山は、なんだか妙にほっとしたのだ。

「……なんだお前、ぶぎゃあ以外の声が出るようになったのか」

　歪んだ声ばかり聞き続けて疲弊した心と耳に、その声は思いのほか心地好かった。

　猫達がこんな風に遠山に懐いてきたのは、これが初めてのことだ。

　遠山はそうっと白猫に手をのばし、その背中に触れた。

　最初はびくりとして避けようとした白猫は、しかし遠山が優しくなでてやると、そのまま大人しくソファに腹這いになった。

　と、黒猫が、自分もなでてほしいというように、ソファに上がろうとした。

　白猫のようにジャンプすればいいものを、直接よじ登ろうとしたために、爪がソファの布地に引っかかって、黒猫がじたばたと暴れる。

「黒いの、ソファを引き裂こうとするのはやめてくれ。……ほら、上がってこい」

黒猫の体を手ですくい上げながら、引っかかった爪をはずしてやる。たくさん食べたからか、その体は少し大きくなっている気がした。

白猫の隣に黒猫を下ろし、両手で二匹の背中をなでてやる。

猫の毛はふわふわとしていて、触っていると気持ちがよかった。が、柔らかすぎる体や、背中をなでる度に華奢な背骨の所在がはっきりとわかるのは、少しばかり怖かった。扱い方を間違えたら壊してしまいそうだ。小さい頃に聞いた『猫踏んじゃった』という歌がいかに残酷な内容かが、今ならよくわかる。うっかり踏みつけたりしたら、こんな小さな骨組みでできた生き物はあっという間にぺしゃんこになるだろう。

猫達は青い目を気持ちよさそうに細めながら、喉を鳴らし続けている。

遠山は初めて、猫というものを可愛いと思った。


それから少しずつ、遠山は猫のいる暮らしというものに慣れていった。

猫達も、人間の部屋での暮らし方というものを急速に学んでいった。

猫用トイレの使い方を覚えてくれた。これでもかとばかりに砂を掘り返し、用を足して、しかし全然違うところを埋めるのだけは解せなかったが、まあそのくらいは許そうと思った。フードを一気食いして吐くこともなくなった。部屋の中での追いかけっこは続行していたが、物を倒す回数は格段に減った。賢い猫達だった。

遠山が仕事から帰ってくると、リビングの入口まで出迎えに来るようになった。

さかんに遠山の足に体をこすりつけ、なでてくれとねだるようになった。

ずっと自分しかいなかった家の中に、自分以外の命が存在する。

その事実に、驚きと、そして少しばかりの感動を覚えながら、遠山は猫達をなでた。

保護してから一週間が過ぎ、はなむら動物病院に連れて行くと、花村は「うん、順調に体重が増えてるな！」と猫達の健康状態に太鼓判を押した。

そして、遠山と猫の関係が良くなっているのを見てとり、にやりと笑った。

『――あなたは、猫でも飼っていた方が幸せになれるんじゃないの』

そんな言葉を遠山が思い出したのは、初めて猫達が遠山のベッドに上がり込んできて眠ったときだった。

猫達は遠山にぴったりと身を寄せ、ぷうぷうといびきをかいていた。こんな平和な音が他にあるだろうかと思った瞬間、思い出したのがその言葉だ。

もう随分前のことになるが、遠山にも付き合っている女性がいた。

一緒に暮らしてみようとしたこともある。

だが、結局駄目だった。

彼女に、この耳の事情を話せなかった。

何があってこうなったのか。家族との間に何があったのか。それらを相手に話して聞かせることが、遠山にはどうしてもできなかった。

死者に会っただの、べっこう飴を食べたからこうなっただの、嘘がわかるだの、どれもこれも信じられないような話なのだ。

遠山が話を聞く側だったとしたら、絶対に丸ごと素直に信じたりはしない。でも、付き合っている恋人の話だからと、信じたふりだけはするだろう。

けれど、『信じたふり』というのは、所詮は嘘だ。

付き合っている恋人が愛想笑いを浮かべつつ嘘をつく様を、見たくなかった。

とはいえ、彼女は――遠山の力には、とっくに気づいていたのだと思う。

その証拠に、彼女は嘘を口にしそうになると必ず黙った。

ぴたりと唇を閉じ、目を伏せた。

優しい女だった。嘘を聞きすぎると遠山の具合が悪くなることにも、たぶん気づいていた。だから黙ったのだと思う。

でも、そうやって自分の声を封印しようとする彼女を見る度、遠山は辛くなった。

いつか彼女が桃花のように喋らなくなってしまうのではないかと思うと、怖かった。

だから別れた。それでよかったのだと思っている。

彼女まで自分の呪いに巻き込む必要はないし、そんな無理をしてまで一緒にいてもらうほどの価値は自分にはない。自分といても、彼女は幸せにはならない。

――別れ際に彼女が言ったのが、猫でも飼え、という言葉だ。

そのときは、お前は人間とは暮らさない方が身のためだぞという意味なのだと思った。

だが、こうして実際に猫と一緒に生活してみると、もしかしたら別の意味だったのかもしれないなという気がしてくる。

遠山の耳に、猫の声が歪んで聞こえることはない。

だから、いつ相手の声が歪むだろうかと怯える必要もなく、ただ心安らかにこうして温もりに寄り添っていられる。

その方が幸せになれる、という彼女の言葉は、こんな自分でも少しくらいは幸せになってもいいということだったのだろうか。

いや——この猫達は、あくまで一時預かりの存在なのだ。

猫達の引き取り手は、今も探し続けている。

いずれ欲しいという者が現れれば、喜んで譲り渡すべきなのだ。

だってこの猫達こそ、幸せになるべきなのだから。

だが、それから数日後のこと。

遠山が帰宅すると、いつもみゃあみゃあと騒ぎながら迎えてくれるはずの猫達の姿がなかった。

遠山は慌てて家の中を探し回った。リビングのソファの下、テレビの裏、寝室のベッドの下、クローゼットの中、洗面所、風呂場、どこにもいなかった。

「……おい。白いの。黒いの。どこだ」

呼びかけても、鳴き声どころか気配さえしなかった。

まさか、と思った。

まさか猫達は、外に出てしまったのだろうか。

慌ててベランダの方を確認する。ガラス戸は施錠されていて、猫が出られる隙間などない。ならば玄関か。たとえば、遠山が出勤するときに、足元をすり抜けたとか。いや、そんなことがあるはずはないが——でも、あんなに小さな猫達なのだ。うっかりしていて気づかなかった可能性は、ゼロではないだろう。

外に出てしまったとしたら、どうなるだろう。マンションの他の住人に保護されているならいい。だが、たとえば誰かと一緒にエレベーターに乗り込んで、マンションの外まで出てしまったとしたら？　あるいは、悪意ある誰かに捕まって、また箱詰めにされて捨てられてしまったとしたら？

血の気が引いた。

思わず玄関から外に駆け出しそうになったときだった。

にゃー、とかすかな声が聞こえた気がした。

はっとして、遠山は家の中を振り返った。

家の中はまた静まり返っている。空耳だったか——と遠山が思いそうになったとき、またしてもかすかに鳴き声が聞こえた。

声は寝室から聞こえた。

寝室に飛び込んだ遠山は、クローゼットの戸の隙間からこちらを見ている白子を発見して、その場にへたり込みそうになった。

でもどうして、と思う。さっき、確かにクローゼットの中も見たのに。

戸を押し広げて、白子を抱き上げる。

黒子の姿はない。クローゼットの中には、ハンガーにかけた衣類の他に、大きめの衣装ケースを幾つか入れてある。

「黒いのはどこに行ったんだ？」

白子に尋ねてみたときだった。

衣装ケースの裏側で、カシカシと何かを引っ掻くような音が聞こえた。

まさかと思って覗いてみると、衣装ケースの裏側から黒子が出てきた。どうやら二匹とも、壁とケースの間のわずかな隙間にはまり込んで寝ていたらしい。

黒子は遠山を見上げ、何やら得意げな顔でみゃおうと鳴いた。

今度こそ本当に力が抜けて、遠山は床に膝をついた。黒子を抱き上げ、白子と共に抱きしめる。心の底からの安堵に、年甲斐もなく泣きそうになっている自分がいた。

それから、遠山はあらためて白子と黒子の顔を覗き込み、二匹を叱りつけた。

「まったく、かくれんぼも大概にしてくれ。というか、呼んだらせめて返事をしろ」

猫達は我関せずという顔で、遠山の腕から下りようとする。

それを無理に押さえて、遠山は猫達の顔を覗き込み――そして、愕然とした。

猫達を抱えたまま、大慌てでスマホを取り出し、はなむら動物病院に電話をする。

電話口に出た花村に、遠山は早口に尋ねた。

「すみません、今から行ってもいいですか⁉」

『あと一分で診察時間は終わるけど、緊急ならいいですよ。どうしました？』

「白子と黒子の目の色が、おかしいんです！」

『目の色？　どんな風に』

「二匹の目は、淡いブルーだったでしょう⁉　今、緑なんです！　あの、まさかこれ、黄疸が出て目が黄色くなったからとかじゃないですよね、とにかく診てほしくて！」

肝臓を壊して黄疸が出ると、人間でも白目が黄色くなったりするそうだ。

猫の青い目に黄疸が出て黄色みが混じった結果がこの緑なら大変だ。命にかかわる問題なのではないだろうか。

電話の向こうで、花村が言った。

『あー……遠山さん？　ちょっと落ち着いて。それ、大丈夫だから』

「大丈夫って何がですか、だって普通、目の色なんて変わるわけないでしょう⁉」

『変わるんだよ、子猫の場合』

「はい⁉」

『変わるの。子猫は皆、最初は目が青いの。キトンブルーっていうんだけどね。それが成長するうちに、だんだん虹彩の色が変化していくの。ちょっとずつ変わるから、なかなか気づかなかったんだろうけど』

「……では、これは病気ではないと？」

『ないない。普通。よかったね』

「そう……ですか。それは……お騒がせしました。失礼します……」

通話を切り、遠山は猫を抱えたまま、その場にしゃがみ込んだ。

そのまま、床に倒れ伏す。

大騒ぎした自分が恥ずかしかった。次にはなむら動物病院に行くとき、どんな顔をして行けばいいのだろうか。


後日、仕事の休憩時間中に、沢木が遠山の方に来て言った。

「あの、猫の引き取り手になってくれそうな人を見つけたんですけど」

「……え？」

自分のパソコンでネット検索をしていた遠山は、びくりとして手を止めた。

沢木は、遠山のパソコン画面をちらと見て、「あ、でも」とぱたぱたと手を振った。

「なってくれそうっていうだけで、まだ話をしたわけじゃないので、安心してください。私の友人が猫を飼ってて、もう一匹飼おうかなって言ってたから、どうかなって思っただけで……だから、その」

「――『もう一匹』ということは、引き取ってくれるにしても一匹だけなのかな？」

遠山が尋ねると、沢木はこくこくとうなずき、

「ええ、『もう一匹』って言ってましたから、きっとそうでしょうね」

「じゃあ駄目だな。二匹とも仲が良いから、引き離すのは可哀想だ。だから、申し訳ないけれど」

「ええ、ええ、聞いてみるのはやめにします、勿論！」

沢木は大げさなくらいうなずきながら、自分の席に戻っていく。

その背中に向かって、遠山は言った。

「──せっかく探してくれているところすまないが、やっぱり猫は自分で飼うことにしたよ」

すると沢木は遠山を振り返り、にっこり笑って、

「了解です。では、飼い主探しは終了ですね！」

そう言った。

遠山はうなずきながら、パソコン画面に目を戻した。

……見られたな、と思う。

画面に表示されているのは、キャットタワーの通販サイトのページだった。

深町尚哉という青年と出会ったのは、それから半年ほど経った頃だった。

『四時四十四分の呪い』なる遊びをしたスタッフ達が引き起こした騒動の際、彼は高槻

という准教授と一緒にその騒動を収めるために現れた。

最初は、地味で大人しそうな子だなという印象しか持たなかった。

彼の特殊性に気づいたのは、高槻が事務所でスタッフ達にヒアリングをした際、深町が耳を押さえたときだった。

それは、スタッフの村田が嘘をついたタイミングと全く一緒だった。

その後も注意して深町を見ていると、やはり誰かが嘘を言う度に耳を押さえる仕草をしていた。少し辛そうに顔をしかめてもいた。

まさか、と遠山は思った。

自分と同じ力を持つ人間になんて、これまで一度も出会ったことがなかった。

でも、深町の動きを見れば見るほど、確信した。

この子は自分と同じなのだと。

高槻のヒアリングが終わり、事務所の外まで二人を送ったときに、遠山は深町に対し、耳はもう大丈夫なのかと尋ねた。

深町は、「朝から耳鳴りがしていて」と答えた。

嘘だった。

彼は、嘘をついて遠山の追及をかわそうとした。

もう間違いなかった。やはりこの子は遠山と同じ力を持っていて――それを他人に知られまいとしている。

その瞬間に遠山の胸に湧き上がった感情を、どう表現すればいいのだろう。

まるで生き別れた双子にでも出会ったような気分だった。初めて見た、そんなものがいると想像したことさえなかった――『自分と同じ存在』。

けれど、やっと出会えた同族は、双子と思うにはあまりに若く、どこか頼りなさの漂うその肩を見て、ああこの子をどうにかして守ってやれないだろうかと思った。

彼が何歳のときに呪いを受けたのかはわからないが、彼の瞳の底に宿る暗い影は、遠山が己の顔を鏡に映してみたときに見るものとまるで変わらなかった。自分と同じ生き辛さを彼もさんざん味わっているのかと思うと憐れでしょうがなくて、彼を傷つける世間の悪意から、孤独から、この手で庇護してやりたかった。

あるいはそれは、彼が息子ともいうべき年齢だったからかもしれない。こちらはもう四十年近くこの能力と付き合っているのだ、教えてやれることもたくさんあるだろう。

何より、同じ呪いを受けた者同士なら、一緒にいることも可能な気がした。

とはいえ、高槻がいる前で、自分も同じ力を持っていると明かすわけにはいかない。

だから、うちでバイトしないかと深町に持ちかけた。そうしてとりあえず傍に置いて、折を見て打ち明けようと思った。

しかし――それは、高槻に阻まれた。

彼は自分が雇っているバイトだから、勝手に取るなと釘を刺された。

それで遠山も少し頭が冷えた。自分の誘いがいかに唐突で強引なものだったかは、深町の目に浮かぶ戸惑いの色を見れば明らかだったし、今はとにかく事務所の騒動を収める方が先だった。

が、事務所の騒動が収まるのとほぼ同時に、遠山の能力は高槻に暴かれてしまった。

……まあ、どうやって打ち明けるか悩む必要がなくなったのだから、結果としては良かったのかもしれない。

それ以来、深町とはたまに会ったり、電話で話したりするようになった。

彼はまだ歪(ゆが)んだ声を聞きすぎると倒れてしまうらしい。遠山も昔はそうだったが、訓練すればある程度は慣れる。訓練のやり方を教えたら、彼は「やってみます」と殊勝にうなずいた。素直ないい子だった。たまに見せる笑顔から察するに、呪いを受けることさえなければ、本来はもっと明るい子だったのかもしれない。

夏になると、彼は全ての発端となったあの真夜中の祭について調べるために、高槻と共に長野に赴いた。無事に戻ってきたからいいものの、相当危険な目に遭ったようだ。

彼はあの高槻という准教授を全面的に信頼しているようだが、遠山からすれば、なんとなく高槻のことは信用できない。

高槻は非常に頭のいい人間だ。

深町は、高槻が嘘をつかないからという理由で信頼しているようだが、あれだけ頭が良ければ、口に出さずともいくらでも嘘をつけるはずだ。

それに——高槻という男には、どうにも得体の知れないところがある。

あの『四時四十四分の呪い』の騒動の際、遠山は、高槻の瞳が青く輝くのを見た。奥底に夜空を宿したあの瞳は、とても人のものとは思えなかった。

深町は、高槻もまた自分達と同じく『訳あり』なのだと言った。

何がどう訳ありなのかまでは語ってくれなかったが、しかし少なくとも高槻は、自分や深町のような能力の持ち主ではない。彼に自分達の気持ちはわからない。わかるわけがないのだ、彼は自分達とは違うのだから。

……そんなことを思う度、遠山はいつも若干の自己嫌悪を覚える。

一応、自覚はしているのだ。

自分が高槻をそうやって排斥したくなる気持ちの根底に、彼が深町の保護者を気取っているのが気に喰わないという心情があることを。

彼を守り育てる立場になりたかったのに、現状そのポジションに高槻が収まってしまっているのが、ただ単に妬ましいのだと思う。……まあ、普段の高槻の、いい年をして子供のようにはしゃぐところなども、苦手といえば苦手なのだが。

遠山が深町を自宅に招いたのは、今年の春のことだ。

三月も半ば近くなった頃、深町が「旅行先でお土産を買ってきたので渡したい」と電話してきたのだ。高槻達と共に、新潟にスキー旅行に行ったらしい。深町の周りには高槻以外にも何人か親しい人物がいるようで、それを知ったとき、遠山はほっとすると共に、一抹の寂しさを覚えたものだった。孤独の呪いを受けながらも友人を作れている深町と己を、つい比べてしまったのかもしれない。

それでも、深町が一人きりではないことを素直に喜べるくらいには、遠山は彼のことが気に入っていた。自宅に招こうと思ったのも、旅行先で猫の可愛さに目覚めたと話した深町に白子と黒子を見せたい気持ちが半分、残り半分は、高槻に対する多少の対抗心からだった気がする。

「わああ、猫だー！　真っ白と真っ黒だー！　可愛いですね！」

遠山の自宅にやってきた深町は、キャットタワーで寛ぐ白子と黒子を見て、コートを脱ぐのも忘れて興奮した。彼は犬なら飼ったことがあるそうだが、猫をまともに触ったのは今回の新潟旅行が初めてだったらしい。

「……あの、触ってもいいですか？」

こちらを振り返って尋ねる深町に、別にかまわないと伝えると、彼はより近い位置にいた黒子に手をのばした。

最初に黒子の鼻先に指を近づけ、自分の手のにおいを嗅がせてから、そうっと頭をなでる。黒子は嫌がりもせず、彼の手に己の頭を擦りつけた。それから彼は、白子にも同じように挨拶し、土産として持参した猫用のおやつを二匹に献上した。

「深町くん」

おやつに夢中な白子と黒子を嬉しそうに見つめている彼に、遠山は声をかける。

棒の先にゴム紐と羽根がついた猫用のおもちゃを見せ、

「ちなみにこれが、二匹のお気に入りだ」

「……そ、それは、俺が借りてもいいものですかっ？」

「勿論いいとも」

「あ、それじゃあ、まずは使い方のお手本を」

「ああ。これは、このように使う」

遠山は二匹の前で棒を操り、ぱたぱたと羽根を振った。

おやつを食べ終わった白子と黒子が、そろって顔を上げた。動きに緩急をつけると、猫達の食いつきが増す。黒子が片手を持ち上げ、白子は低く構えて腰を揺らし始める。

こういうとき、先陣を切るのは大抵黒子だ。今回もそうだった。黒子が後ろ足で立ち上がり、羽根に向かって前足をのばす。遠山は素早く棒を操り、黒子の動きをかわす。と、黒子の動きと交差するように、白子が高く跳躍した。空中で羽根をくわえとり、床に着地すると同時にごろんと横向きに床に倒れる。そのまま寝転び、前足と口で羽根と戯れ出した白子に、深町がおおおと小さく声を上げた。

はい、と遠山は深町におもちゃを手渡した。

深町が、先程の遠山を真似しておもちゃを振り回し始める。拙い動きだが、白子も黒子も大喜びで羽根を追いかけている。二匹と一人が熱狂しているのを微笑ましく眺め、

「しばらく遊んでていいよ」と言い置いて、遠山はキッチンに立った。

深町の新潟土産は、へぎそばだった。せっかくだから二人で食べようということになったのだ。

作り方をざっと読み、湯を沸かしてそばをゆでる。

まだ寒い時期だったので、温かいつゆに入れることにした。惣菜売り場で買ってきた海老天とかき揚げをオーブントースターで軽く炙り、つけあわせにする。

「深町くん。そばができたから、食べよう」

できあがった天ぷらそばをテーブルに出すと、深町は恐縮した顔で振り返った。

「あ、すみません……俺が買ってきた土産なのに、作らせてしまって」

「いや、一人で食べるには量も多いし、一緒に食べてくれた方がいい」

深町はおもちゃを置くと、失礼しますと言って、遠山の向かいの椅子に座った。遊んでもらって満足した猫達は、床の上で毛繕いを始めている。

深町と向かい合って、そばをすすった。

思えば、この家に人を招くのは初めてのことだ。必要ないだろうなと思いつつ、セットだからという理由で買ったダイニングの二脚目の椅子が、荷物を置く以外の用途で使用されているのを見るのは新鮮な気分だった。

「おいしいそばだね」

「本当ですね。遠山さんの茹で加減も完璧です」

「なんだかすまないね、わざわざお土産なんて、気を遣わせてしまって」

「あ、いえ、遠山さんにはお世話になってますし……それにこれは、先生達がお土産コーナーで買い物してるの見て、俺も何か買いたくなっただけですから」

深町が言った。

「甘いものは駄目だから、何にしようか悩んで。お土産コーナー、結構甘いものが多かったんです。米もあったんですけど……コシヒカリ。でも、それもどうかなって……あと、日本酒も。遠山さんが日本酒飲むのかどうかわからなかったから」

「日本酒、飲むよ。割と好きだ」

「あ、じゃあ、次回は日本酒にしますね」

「うん。邪魔じゃなければ。安いのでかまわないよ」

「おいしいやつにします。俺、日本酒の味って正直全然わかんないんですけど、先生達に試飲してもらうので、安心してください」

「そばも好きだから、またへぎそばでもかまわないよ」

遠山はそう言って目を細める。

そうか次回もあるんだなと思うと、なんだか嬉しかった。

と、深町もまた目を細めるようにしてちょっと笑い、

「……あの、俺、こういうの初めて買ったから、ちょっと楽しかったです」

そう言った。

「他の人のためにお土産買うとか、今までしたことなかったから」

「……そうかい」

可愛いことを言うなあ、と遠山は微笑ましい気分になる。

やっぱり彼を前にしていると、お父さんになったような気持ちになるのだ。

実際、遠山の年齢なら、このくらいの息子がいてもおかしくはない。

「深町くんは、この春から大学三年になるんだよね」

「あ、はい。そうです」

「ということは、そろそろ就職活動とかも始まるのかな。……どうするの？」

「まだ……悩んでて」

器を傾けてつゆを飲み、深町は少しうつむいた。湯気で曇った眼鏡をはずし、袖口でこする。

また眼鏡をかけ直し、深町は遠山を見て言った。

「やっぱり、企業の面接とかって大変ですか。その……嘘的な意味合いで」

嘘的な意味合い、というのも奇妙な言葉だが、遠山や深町にとっては切実な問題だ。集団面接ともなれば、山のような嘘が飛び交ったりもする。深町は、それに自分が耐えられるかどうか自信がないらしい。

「そうだね、私も苦労した。面接官も建前だけでものを言うことがあるから、心にもないようなことを口にしたりするし……会社に入ってからもね。やっぱり集団の中にいると、どうしても人付き合いが発生するし、嘘をついて自分を良く見せようとする人もたくさんいる」

「うわあ、やっぱりそうですよねえ……」

遠山の言葉に、深町が顔をしかめる。

遠山は当時の苦労を思い浮かべながら、苦笑いした。

「とはいえ、せっかく入った会社をさっさと辞めるのもなんだし、独立するためには実力の他にノウハウや人脈も必要だったからね。これはもう修行だと思って、あれこれ割り切って仕事していたかな」

「遠山さんの仕事だと、確かに独立って手があるわけですしね。でも、俺はそういうのは……ていうか俺なんて文系だから、そもそも遠山さんより就職自体が厳しそうだし」

深町がますます顔をしかめる。一応色々と真面目に考えてはいるようだ。

遠山は海老天をひと口かじり、

「というか、君、就職希望なんだね。なんとなく、君は院に行くつもりなのかと思ってたんだけど。高槻先生のところで、まだまだ学びたいのかなって」

遠山がそう言うと、深町はそばを口に運ぼうとしていた箸(はし)を止めた。

「……それもまだ悩んでるんです」

本当に悩んでいるという様子で、深町は眉根(まゆね)を寄せる。

「正月に実家に帰ったとき、ちょっとだけ親とその話もしたんです。院に行きたい気もあるって……でもやっぱり、お金の問題とかもあるじゃないですか。いつまでも親の脛(すね)

ばっかり齧(かじ)ってもいられないし。奨学金とかも考えてますけど……」

「ちょっと待って。君、実家に帰ってるの？」

そこに驚いて、遠山はまじまじと深町を見つめた。

深町はうなずき、

「正月だけ、それも滞在期間ほんの一日ですけど、一応……親に帰ってこいって言われてるので」

「そうか。……君は偉いな」

「そんなことないです」

「いや、私なんて、実家を出て以来一度も帰ってない。帰ってこいと言われても、無視し続けてる」

ああやっぱり、こういうところでも、自分と彼は違うのだなと——遠山はそう思った。

彼は遠山と同じ力を持っているけれど、遠山と違って懸命に呪いに対抗しようとしているのかもしれない。

人との関わりを保ち、孤独にならずに生きようと、努力し続けているのかもしれない。

妹にも両親にも二度と会わないと決めたのは、その方が彼らにとって幸せだと思ったからだ。……でも、本当は、遠山自身、彼らと会うのが怖いせいでもある。

今更彼らと会って何を話せばいいのかわからない。自分が壊してしまった家族に、合わせる顔などない。

「大学院に行きながら働く、というのはどうなんだい？」

「それは……えっと、就職活動と院試両方ってことですよね。結構厳しいかも……」

「そうじゃなくて。前から言ってることだけど、君、うちで働けば？」

「でも俺、文系だし。建築とか設計とか、わからないですよ」

「図面が引けなくても、事務系の仕事がある。今いる事務担当のスタッフは派遣社員だから、いつまでもいてくれるとは限らないしね。とりあえず、インターンシップだと思って、夏休みだけバイトしてみないかい？」

「それは……もしやらせてもらえるなら、嬉しいですけど。でも、あの、ちょっと考えさせてください。たぶん夏休みも高槻先生のバイトはある気がするし、ゼミ合宿もあるはずだし」

「うん。前向きに考えてもらえると嬉しい」

やっぱり自分は高槻の次らしい。まあ、彼が自分で決めることだ。あまり口出しするものでもないだろう。

遠山は、彼がきちんと将来に向かって――できるだけ幸せな方向に向かって歩めるように、手助けができればそれでいい。やっぱりどこまでもお父さんの心境に近いのかもしれない。

……ただ幸せになってほしいのだ、彼には。

遠山が諦めてしまった様々なものを、彼は手にしてほしいと思う。

そのとき、遠山の足元で、みゃあんと甘えた声がした。

かつては遠山の手のひらに乗るほど小さかったこの猫達も、今では随分大きくなった。

この前二匹を定期健診に連れて行ったら、花村は「健康優良だし、すごい美猫に育ったな！」と褒めてくれた。

「どうした。おやつなら、さっきもらったろう」

「ああ、俺が遠山さんのこと取っちゃったみたいで、寂しいのかも」

深町が言う。そういうものなのかなと思いつつ、遠山はそばを食べながら、足先で猫をあやす。

そういえば、家族以外の誰かの幸せを願うようになったのは、猫を飼い始めて以来のことかもしれない。

最初はただの厄介者としか思っていなかったこの猫達は、今では遠山自身の幸せでもある。

この家が、あの小学生達が言っていた「猫達が幸せになれるお家」になっているといいなと思いつつ、遠山は手をのばして猫達の頭をなでた。

第三章　大河原智樹の冒険

大河原智樹には、特別な友達がいる。

アキラくんだ。

アキラくんは大人で、まるでテレビに出てくる芸能人みたいにかっこよくて、いつもびしっとしたスーツを着ている。大学の先生で、ジュンキョウジュなのだそうだ。

智樹がアキラくんと出会ったのは、小学五年の九月だ。

公園で他の友達と遊んでいたら、アキラくんがやってきて、近くにある『お化け屋敷』について何か知らないかと尋ねてきたのだ。

『お化け屋敷』のことなら勿論知っていた。公園の横の坂道をずっと上がっていった先、低い山の中程にあるボロボロの家のことだ。鬱蒼と茂った木々に取り囲まれ、半分山に呑み込まれているように見える。もう長らく誰も住んでおらず、あそこにはお化けが出ると皆言っていた。人魂を見たという話を聞いたこともある。窓越しに、ぼやあっとした光が動くのを見た者がいるらしいのだ。

「うわあ、本当に!?　怖いねそれ!」

アキラくんは、お化けの話に興味津々だった。

怖い話が好きみたいなので、ついでに智樹が学校で聞いた別の怪談も話して聞かせたら、アキラくんはますます喜んだ。

こんな大人、見たことがなかった。

すごく背が高いのに、アキラくんは智樹達を上から見下ろしてきたりはせず、子供みたいにその場にしゃがみ込んで話を聞いていた。大きな焦げ茶色の瞳（ひとみ）をきらきらと輝かせ、わくわくした様子で身を乗り出してくる様も、まるで大人らしくなかった。

「ねえ、他にも何か怖い話はある？　あったら聞かせて！」

アキラくんはそう言って、顔中に笑みを浮かべながら智樹達を見た。

だが、そのうちに、ちょっと離れたところでこちらを見ていた眼鏡の兄ちゃんと女子高生が、アキラくんを呼んだ。

「あ、ごめん、僕、そろそろ行かないと」

アキラくんが慌てて立ち上がり、智樹達はそろって「えーっ」と声を上げた。

その頃にはもう皆、アキラくんのことが大好きになっていたのだ。

「えー、アキラくんまだ行くなよー！　俺の舎弟にしてやるからさー！」

智樹はそう言って、アキラくんの腕を引いた。

『舎弟』という言葉は、前に漫画で読んで知っていた。たぶん、『子分』をかっこよく言った感じの言葉なのだと思う。アキラくんみたいなかっこいい大人を子分にできたら、きっと気分がいいだろう。

でも、アキラくんは困った顔で笑い、

「ごめんねー、でも深町くん達が待ってるから、もう行かなきゃ。――あっ、そうだ、これ渡しておくね」

そう言って、四角い小さな紙を智樹にくれた。

大人がよく持っている、名刺というやつだ。アキラくんの名前と連絡先が書いてある。

「僕はね、怖い話を集めて研究しているんだ。もし君達がまた何か不思議な話を聞いたり、普通と違う体験をしたときには、ぜひ教えてほしい。この番号に電話してね」

「本当に電話していいの？」

「勿論だよ、君達はもう僕の友達だしね！」

アキラくんは最後に智樹達全員と握手を交わすと、眼鏡の兄ちゃん達の方へ歩いていってしまった。名残惜しくて、皆で「また来いよー」とその背中に声をかけたら、振り返って手を振ってくれた。

その夜、智樹の家の前を、何台もの消防車が通り過ぎていった。

びっくりして見に行くと、なんとあの『お化け屋敷』が真っ赤な炎に包まれていた。

翌日の晩のニュースで、実はあの家の中では大麻が栽培されており、それがばれそうになった犯人達が火をつけたのだと報道された。

ニュースを見ながら、智樹は思った。

もしかしたら、大麻栽培の悪を暴いたのはアキラくんだったのではないかと。

ニュースでは、アキラくんのことについてはひと言も触れられていなかったけれど、それはきっとアキラくんが「名乗るほどの者ではありません」と身分を明かすことなく去っていったからに違いない。ヒーローとはそういうものなのだ。

「アキラくん、すっげえなあ」

テレビを見ながら思わずそう呟いたら、横にいた智樹の母が怪訝そうな顔をした。

「誰？　アキラくんって」

「へへー、秘密。おっしえなーい！」

智樹はにやりと笑って、そう答えた。

ヒーローと友達だなんていう最大級の秘密は、たとえ親といえども、おいそれとは教えるべきではないのだ。

が、母は気にした様子もなく、さっさと話題を変えてきた。

「それより智樹、あんた宿題は？　今週、塾のテストもあるでしょう」

その途端、智樹は己の中で「ガタン！」と大きな音が響いたような気分になる。

それは、嚙み合わない歯車がぶつかり合って止まった音だ。

今はそんな話をしていたんじゃないのに。『お化け屋敷』の火事と、悪人による大麻栽培と、それを暴いたヒーローの話をしていたはずなのに。

どうしてすぐに、宿題だのテストだのと、つまらないことに話を変えてしまうのか。

近頃、智樹の歯車と母の歯車は、よくこんな風に嚙み合わずに止まる。歯車が止まると、智樹の中の楽しい気分も止まってしまう。小さい頃はこうじゃなかった。共にスイスイと回り続けていたはずなのに。どうして今はこうなのだろう。もし母が「秘密だなんて言わないで、教えてよ」とでも言ってくれれば、自分はアキラくんのことを快く教えてあげたのに。

「……あーもう、せっかく今からやるところだったのにさあ！　そーゆーこと言われると、やる気なくなるっつーの！」

「こら、智樹！　あんたまたそういうこと言って！」

お説教が始まりそうな気配を察して、智樹は早々に自分の部屋へ引き上げた。

宿題をやるためにランドセルからタブレットを取り出そうとして——ふと思い出し、勉強机の引き出しを開ける。

そこには、前の日にもらったアキラくんの名刺が入っていた。

智樹はそっと名刺を取り出し、両手の指でつまむようにして、しばらく眺めた。

高槻彰良。それがアキラくんの本名。

自分はヒーローの電話番号を知っているのだと思うと、それだけでわくわくした。智樹の中に、楽しい気分がちょっとだけ戻ってくる。

やっぱりアキラくんのことは、母には秘密のままにしておこうと思った。

智樹はアキラくんの名刺を、引き出しの一番下に隠すようにしまい込んだ。

それからしばらくして、智樹が通う調布市立第四小学校で、大変なことが起きた。

智樹の隣のクラス、五年二組の教室のロッカーに、コックリさんが取り憑いたのだ。

取り憑かれたロッカーは、誰も触っていないのに、勝手に扉が開くようになってしまった。コックリさんの声を聞いたという子も、何人もいた。

五年二組の呪われたロッカーは、五年二組のみならず、学校中の子供達を恐怖に陥れた。授業中にロッカーが開いたといって悲鳴が上がったり、怖くてトイレに行けないという子が続出したりと、滅茶苦茶な騒ぎになった。

怖い話が好きな女子達は、霊能者を呼んでお祓いをするべきだと主張した。よく怪奇特番を放送しているテレビ局に取材に来てもらおうと言う子もいた。

その悉くが、学年主任の原田によって却下された。

原田は五年一組の担任で、とんでもなく嫌味な奴で、皆から嫌われていた。五年二組の担任のまりか先生にいつもきつく当たるのも、嫌われる原因だった。でも、原田の方がまりか先生より偉いから、原田が許可しないことには何の手も打てないようだった。

五年二組のロッカーを巡る騒ぎは収まるところを知らず、まりか先生は毎日困り果てた顔をしていた。肩をすぼめて廊下を歩く様はとても可哀想で、智樹は、今こそヒーローの出番だと思った。

「まりか先生。あのさ、この人に相談してみようよ！」

智樹はまりか先生に、アキラくんの名刺を見せた。まりか先生は、最初は気乗りしない様子だったものの、アキラくんが何者なのかをネットで調べて、「まあ、大学の先生なら、身元もしっかりしてるし……」とうなずいてくれた。嫌味ったらしい原田のクソ野郎も、「霊能者を呼ぶよりはましだ」と納得した。

まりか先生は自分でアキラくんに連絡すると言ったけれど、その晩、智樹からもアキラくんに電話をしてみることにした。

智樹のキッズ携帯は、登録先以外にも電話できるようになっている。前にちょっとしたトラブルがあったときに、電話がかけられなくて困ったことがあったからだ。

とはいえ、自分で番号を押して電話をした経験などほとんどない。智樹は自分の部屋に閉じこもり、ひどく緊張しながら、アキラくんの番号を押した。

番号を間違えてはいけないという緊張もあったけれど、もう一つ、別の理由もあった。不安だったのだ。アキラくんが電話に出てくれるかどうか。

だって――大人は、嘘をつくから。

たとえば、大人が言う「今度買ってあげるから」という言葉は高確率で嘘だ。やっていいと許可してくれていたはずのことも、状況によっては駄目に変わったりする。大人というのはずるい生き物なのだ。子供より立場が上なのをいいことに、その場しのぎの嘘を言ったり、自分の都合でコロコロ意見を変えたりしてもいいと思っている。

アキラくんの「電話していい」だって、実は嘘だったかもしれない。それどころか、もう智樹のことなど忘れてしまっている可能性だってある。

だから、何度かの呼び出し音の末に電話がつながったときには、智樹は心臓が口から飛び出そうになった。

『――はい、もしもし。高槻です』

「ア、アキ、アキラくん!? あのっ、俺、智樹! 覚えてる!?」

上擦った声で智樹が呼びかけると、電話の向こうのアキラくんは、

『ああ、お化け屋敷や学校の怪談の話をしてくれた大河原智樹くんだね! こんばんは。どうしたの、こんな時間に。何かあった?』

柔らかな声でそう言った。

覚えていてくれたのだ。

ほっとしたら全身の関節がぐにゃぐにゃになったような気がして、智樹はカーペットの上にひっくり返りながら、今自分の学校で起きている出来事について話した。

アキラくんは、うんうんと相槌を打ちながら話を聞いてくれた。他の大人みたいに、途中で話題を変えたり、馬鹿にしたような声を出したりすることはなかった。

「お願い、アキラくん。うちの学校を助けてほしいんだ」

智樹が言うと、アキラくんは、電話の向こうで『わかった』と頼もしくうなずいた。

そうして第四小学校にやってきたアキラくんの華麗な活躍により、『五年二組のロッカー』事件は無事解決した。

やっぱりアキラくんはヒーローだった。

そしてそのヒーローは、智樹の友達なのだ。

それからも智樹は、時々アキラくんに電話をかけた。

留守電になっているときや、『ごめん、後でかけ直すね』と言われるときもあったが、そういうときでも必ずアキラくんはちゃんとかけ直してきてくれた。

アキラくんが好きなのは、学校や智樹が住んでいる町の怖い話だった。

智樹は、学校や塾で新しい怪談を仕入れる度に、アキラくんに話して聞かせた。

話を聞いたアキラくんは、その怪談について解説してくれることもあった。よく似た話を他でも聞いたことがあるとか、それはこういうことなんじゃないかとか、わかりやすい言葉と話し方で智樹に教えてくれた。

アキラくんがそうやって説明してくれると、智樹にはちょっと怖すぎる怪談も、そんなに怖くはなくなった。いつもなら、怖い話を聞いた日の晩は、風呂場で頭を洗っている最中になんだか急に後ろを見られなくなったり、夜眠れなくなったりしていたのに、アキラくんと話した後は全然大丈夫だった。

大学の先生というのはすごいなと、智樹は思った。

いつか大学というところに行かなくてはいけないのなら、アキラくんが教えている大学に行きたい。

アキラくんの名刺を握りしめ、智樹はそう思った。

年度が変わり、五年生から六年生に上がると、智樹の周りは少しピリピリし始めた。智樹の親は、智樹に中学受験をさせたがっていた。勉強の時間が増え、塾の小テストも増えた。親も塾の教師も、二言目には受験受験とうるさかった。

塾に加えて、智樹にはもう一つ習い事があった。

ヴァイオリンだ。

習い始めたのは、小学一年の頃だった。近所に住んでいる可愛い女の子がヴァイオリンを習っていて、それで智樹もやってみたくなったのだ。

智樹が三年生のときにその女の子は引っ越してしまったのだが、智樹はヴァイオリンを続けた。それなりに弾けるようになってくると、意外と楽しかったからだ。それに、ピアノを習っている子は学校でさして珍しくもなかったが、ヴァイオリンを習っている子なんてほとんどいなかった。「俺、実はヴァイオリン弾けるんだ」と言ったら、大抵の人が驚いてくれる。自己紹介シートの特技の欄に大威張りで「ヴァイオリン」と書けるのは、ちょっと気持ちよかった。

でも、勉強の時間が増え、そこにさらにヴァイオリンの練習まで加わると、遊ぶ時間なんてほとんどなかった。練習曲もどんどん難しいものになっていく。これまでと同じ練習時間では、次のヴァイオリン教室の日までに仕上げられないこともあった。先生から、「先週注意したところ、できてないよ」と指摘されるのは悔しかった。ヴァイオリンなんてもうやめたい、そんな言葉が喉まで出かかったこともある。いまいち生活のペースがつかめないまま四月が過ぎ、五月に突入した時点で、智樹はわけのわからない苛々を抱えるようになっていた。ちょっとしたことが気に障る。毎日くたびれているのに、やることが多い。学校では廊下で少し騒いだだけで原田のクソ馬鹿野郎に怒鳴られ、塾はテストだらけ、六月にはヴァイオリンの発表会がある。母と智樹の歯車は相変わらず噛み合わず、智樹は自分の中で何度もガタンという音を聞いては、また苛立ちを募らせる。

うんざりだった。

どこかに逃げ出してしまいたかった。

そんな智樹が、その廃工場の話を聞いたのは、ゴールデンウィーク明けのことだった。教えてくれたのは、塾の友達だった。智樹とは違う小学校に通う、シンジという子。

「なあ知ってる？　この近くにある廃工場の話」

塾の授業が始まる前の時間、仲のいい数名で雑談している最中のことだった。シンジは秘密の香りを漂わせた声で、だしぬけにそう言った。

智樹も他の子も、そんな話は知らなかった。

「え、この近くって、塾の近く？　廃工場なんてある？」

「聞いたことない。どこそれ」

「近くっていっても、ちょっと歩くんだよ。いいか、塾の前の交差点を右に曲がって、四つめの角を左に曲がるんだ。そこからしばらく真っ直ぐ歩いていくと、だんだん道が上り坂になっていく。その坂の途中にあるんだ」

　シンジが言う。

「工場っていっても、そんなに大きくはない。町工場って感じ。噂だと、何年か前に工場長がある日突然いなくなっちゃったんだって」

「それ、夜逃げじゃねえの？　借金踏み倒したんだよ」

　やっぱり別の小学校の、マサルが言う。

　シンジは首を横に振り、

「借金は確かにあったらしい。でも、いなくなったのは夜じゃなくて昼間だったんだって。工場の二階の一番奥にある部屋に入っていった後、工場長がいつまでも出てこないもんだから、他の人が見に行ったら、消えてたんだ。忽然(こつぜん)とな」

　コツゼン、とシンジは得意げに言った。シンジは辞書を読むのが趣味で、普段から難しい言葉を使いたがる子なのだ。

「でも、工場だろ？　出口とか幾つもあるだろうし、窓とかからも出られるだろうし。やっぱ逃げただけだろそれ。昼間に夜逃げしたんだよ」

　マサルはまだ夜逃げ説を推す。

　けれど、シンジは落ち着き払った口調で、それを否定した。

「奥さんや子供を置いて消えるか？　夜逃げだったら、普通は一家で消えるだろ。いなくなったのは工場長だけだったんだ」

　これにはマサルも口を閉じた。智樹も、一緒に話を聞いていたサトシも、確かにそうだなと思う。

　シンジが続けた。

「工場長がいなくなった後、工場は潰れて、建物だけが残された。工場長は今でも行方不明なんだって。噂によると、工場長は異次元に行ってしまったらしい」

　シンジの話に、智樹達はそろってつばを呑み込む。

『異次元』という言葉が持つ危険で怪しい響きが、たまらなかった。

きっと工場長は何かの拍子にこの世ならぬ世界に触れてしまい、戻ってこられなくなったのだ。

「それでな。その工場は、今でも異次元とつながったままなんだって」

　シンジが声を潜め、手振りで智樹達に「もっと近寄って聞け」と命令する。

子供達の間では、他の子が知らないことを知っているというだけで、ちょっと偉くなれる。智樹も他の子も、シンジの言う通りに身を寄せ合う。

　シンジが言う。

「二階の一番奥の部屋。工場長が消えた部屋だ。そこに夜に行って儀式を行うと、異次元への扉が開かれるんだってさ。不良が試して、そのまま戻ってこなかったって」

「儀式って、どうやんの？」

智樹は思わず尋ねた。

「――あのな、これ、マジで危ないやつだから、他の奴には言うなよ」

シンジはさらに声を潜める。

秘密の気配はいや増し、智樹達はシンジの言うことをひと言も聞き漏らすまいと身を前に乗り出して、耳をそばだてる。

「四人でやるんだけどな。部屋の四隅に一人ずつ立って、明かりを消すんだ。そしたら部屋の中は真っ暗になる。真っ暗になったら、扉から見て右側に立ってる奴が、壁沿いに手探りで部屋の奥に向かって歩く。で、そこに立ってる奴の肩を叩く。肩を叩かれた奴は、また壁沿いに先に進んで、その先にいる奴の肩を叩く。叩いた奴はその場に残る。これを三周繰り返すんだ。三周やったら、明かりを点けていい。扉を開けて部屋の外に出たら、もうそこは異次元につながってるんだって」

そのとき、チャイムが鳴った。

塾の先生が入ってくる。雑談はそこまでとなり、智樹達は席に座り直す。

でも、授業が始まっても、智樹の頭の中は、シンジが話したことで一杯だった。

真っ暗な部屋の中、壁沿いに手探りで移動する。

硬い壁ばかりをなでていた手に、やがて生温かい誰かの体が触れる。

きっと何も見えないだろうから、肩を叩く相手のことも手探りで判別するに違いない。

智樹は両手でせわしなく相手の輪郭を確かめ、それが仲間であると確認できたら、ぽん、とその肩を叩く。すると、叩かれた相手は智樹を残して移動していく。次に誰かが智樹の肩を叩くそのときまで、智樹はその場を決して動いてはいけない。真っ暗闇の中、まんじりともせずに立ち続けるのだ。

それは背骨が震えるほどぞくぞくして、でもとてつもなく興奮する想像だった。

異次元。それは一体どんなところだろう。

わからないけれど、もしもそんなところに行けたなら、それはきっとすごい大冒険だ。

授業が終わり、休み時間になると、智樹はさっき話をしたメンバーを集めて言った。

「さっきの話だけど。俺らでやってみようぜ！」

けれど、賛同してくれる者はいなかった。

シンジは「やだ。消えたくないし」とにべもなく、マサルは「どうせ嘘だからやりたくない」と言い張り、サトシは「夜に出かけたら怒られるから」と首を横に振った。

いいじゃんやろうよと智樹が何度言っても駄目だった。腰抜けばかりだった。

その日、家に帰ると、母は塾の小テストの結果を聞きたがった。

渋々智樹がテスト用紙を見せると、母は「二つも間違ってる！」と顔をしかめた。

二つくらい間違えたっていいじゃないか、と智樹は思った。問題は十個もあるのだ。八個も合ってたのに、何でたった二個の間違いを責められなくてはいけないのか。

二言目には「受験があるんだからしっかりしないと」と言う母にうんざりして、智樹は自分の部屋に戻った。

そして智樹は、アキラくんに電話をかけた。

シンジから聞いた怪談を教えてあげるためだ。

アキラくんは、今日はすぐに電話に出てくれた。

智樹は早速アキラくんに廃工場の話を聞かせ、

「あのさ、アキラくん。これ、実際にやってみない？　異次元に行けちゃうかもしれないんだぜ、面白いだろ！」

そう誘ってみた。

アキラくんなら絶対に話に乗ってくれると思っていたし、アキラくんと一緒なら、異次元に行っても大丈夫だと思った。もし異次元には行けなくても、誰もいない夜の廃工場に忍び込むというだけでも大した冒険だ。絶対楽しいに決まっている。アキラくんは、この上なく頼もしい相棒になってくれるはずだ。

けれども。

『うーん……そういうのは不法侵入になっちゃうから、オススメはできないなあ』

電話の向こうで、アキラくんは苦笑いするような声でそんなことを言った。

智樹はびっくりして、

「え、だって、潰れちゃった工場だよ？　誰もいないんだし、ばれないよ」

『ばれるばれないの話じゃないよ。たとえ工場が潰れちゃったって、その土地や建物は今でも誰かの持ち物なんだ。そこに勝手に入るのは良くないことなんだよ』

優しい声だったけれど、それはたぶんお説教と同じだった。

そんなことやっちゃいけません、という大人が子供によく言うやつだ。

アキラくんまでそんなことを言うのかと、智樹はショックを受ける。

だって、アキラくんなのに。

大人だけど子供みたいな人のはずなのに。

電話の向こうで、アキラくんが続ける。

『それに、その話は誰かの——もしかしたらシンジくんの、創作じゃないかな。実際にそこの工場長が失踪しているかどうかは調べてみないとわからないけど……その儀式、やり方がまるっきり『スクエア』と同じなんだよねえ』

「すくえあって？」

『一種の降霊術だよ。智樹くんがさっき話したのと同じやり方で、正方形の部屋の四隅を四人で順番に移動していくんだ。——智樹くん、儀式のやり方を聞いたとき、おかしいなって思わなかった？』

「え、どこが？」

『だって、四人が部屋の四隅を順番に移動していくとさ、最後に移動する四人目は、肩を叩く相手がいないはずでしょう？』

「え？　ええ？　どーゆーこと？」

智樹は最初、アキラくんの言っている意味がよくわからなかった。

でも、消しゴムを四個取り出して、それをノートの四隅に配置して動かしてみたら、やっとわかった。

四人目が移動する先は、最初に一人目が立っていた場所だ。でも、一人目は、もう最初に二人目が立っていた場所に移動してしまっている。つまり、そこには誰もいない。四人目が肩を叩こうとしても、その手はすかっと空を切るはずだ。

『もし四人目が誰かの肩を叩くことができたとしたら、そこにはいつの間にか五人目の人物が立っていたということになる。『スクエア』を行うことで、本来いなかった五人目を召喚したということだよ。怖いでしょう？』

アキラくんが言う。

怖い。それはとても怖いことだ。

その勝手に増えた五人目は一体何者なのか。

『智樹くんがさっき話した儀式は、この『スクエア』を参考にしてるはずだ。でも、そもそも『スクエア』は、『いなかったはずの五人目が現れる』というところに主眼が、話の要点がある。廃工場の話の『異次元への扉が開く』という部分とは、あまり上手く結びつけられていない気がするなあ』

作りが甘いと言わんばかりに、アキラくんはシンジの話を批評する。

でも、と智樹は食い下がる。

「でもさ、実際にやってみたら、上手くいくかもしんないじゃん？　異次元の扉は開かなくても、五人目が現れるかもしれないし！　ねえ、一緒にやろうよ、アキラくん！」

『だから、その廃工場に行くのは駄目だってば。それに、僕と智樹くんだけじゃ、『スクエア』もできないよ。四人必要なんだし』

「アキラくんの友達、誰かいないのかよ！　二人くらい用意できるだろ！　ほら、前に連れてきてた地味な兄ちゃんとか！」

『そりゃまあ用意しろって言われたらできなくはないけど、でも駄目です。さっきも言ったように、不法侵入になっちゃうからね』

　ますます諭すような口調になって、アキラくんが言う。

　——がたん、と智樹の中で、あの嫌な音がする。

　歯車が嚙み合わなくなって止まる音。

　そんな、と智樹は思う。

　アキラくんは、アキラくんだけは他の大人とは違うと思っていたのに。

「……じゃあ、いい」

　智樹は電話を握りしめ、食いしばった歯の間から声を漏らすように呟いた。

『智樹くん？』

　アキラくんが怪訝そうな声を出す。

　智樹は電話の向こうのアキラくんに向かって声をぶつける。

「もういいよ！　アキラくんなんて、もう友達じゃない！　俺一人で行く！」

言いながら、ああ違うと思う。

違うのだ。本当はこんなことが言いたいのではないのだ。なのに、自分はどうしてこんなひどい言葉を口にしているのだろう。智樹は唇をきつく嚙みしめる。

『待って、智樹くん。ちょっと落ち着いて。……何かあったの？』

アキラくんの声に、心配の色がにじんだ。

『もしかして、何か嫌なことがあった？』

その声の優しい響きに、智樹は思わず涙がにじみそうになった。

助けてよ、と言いそうになる。

体の中で――いや違う、心の中で、歯車が軋むのだ。

自分で自分をコントロールできない。自分だけが周りとどんどん食い違っていくような感覚がある。苛々するばかりで、何も上手くできない。塾のテストも、ヴァイオリンも。このままじゃ、きっと受験も失敗する。

『智樹くん。僕でよかったら、話を聞くよ。ねえ、話してみて』

アキラくんが言う。

そのときだった。

母が智樹の部屋の方へ歩いてくる気配がした。

智樹ははっとして、慌てて声を潜め、早口にアキラくんに向かって言った。

「次の金曜。夜七時。さっき言った廃工場まで来て！　約束だよ！」

智樹が通話を切ると同時に、智樹の部屋の扉が開いた。

母は智樹を一瞥すると、

「智樹。今、一体誰と話してたの？」

「……友達」

智樹はキッズ携帯を握りしめたまま答える。

母は眉をひそめ、

「こんな遅い時間に？　友達って誰？」

「……いいだろ、別に。俺の友達なんだから」

「その携帯は、友達と長電話するために持たせてるわけじゃないのよ。緊急連絡用だって言ったでしょ」

母はそう言って、智樹の手からキッズ携帯を取り上げてしまった。

「返せよ！　俺の携帯だろ！」

「駄目。今度から、出かけるときだけ持たせるようにするから。それより勉強しなさい」

また勉強。母はどうしてそんなことばかり言うのか。

返せとわめく智樹の前で、母は無慈悲にキッズ携帯の電源を切り、自分の服のポケットにしまい込んでしまった。もしかしたら後でアキラくんがかけ直してくれるかもしれなかったのに、これでは電話に出られない。

母が部屋を出て行き、智樹は勉強机に突っ伏して泣いた。

もう本当に、色々なことが嫌になってしまった。

異次元でもどこへでも、早く行ってしまいたかった。


金曜日は塾の日だ。

学校が終わった後、智樹は母が運転する車で塾の前まで送り届けられた。

「塾が終わったら、遊んでないですぐに電話するのよ」

母がそう言って、智樹の手にキッズ携帯を押しつけてくる。

智樹はむっつりと押し黙ったまま、それをズボンの尻(しり)ポケットに突っ込んだ。

母とはあれからほとんど口をきいていない。

車を降りようとする智樹に、母が声をかけた。

「明日(あした)の晩は、智樹が好きなハンバーグ作ってあげるから」

母が作るハンバーグは、智樹の一番の好物だ。給食で出るやつより、ファミレスで食べるやつより、百倍おいしい。

でも、今更遅い。

智樹は今夜、異次元に旅立つのだから。

返事もせぬまま車を降り、智樹は塾の建物に向かった。

プランはもう立ててある。成功するかどうかはともかく、チャレンジする価値はある。

智樹が立てたプランはこうだ。

まず、塾の一時間目はちゃんと受ける。その次の休み時間が勝負だ。先生に体調不良を訴え、帰る許可をもらう。そして、先生に見えるところで親に「迎えに来てほしい」と電話をかけるふりをする。

そうして塾を出て、例の廃工場に行くのだ。

——問題は、キッズ携帯をどうするかだった。

智樹のキッズ携帯には、GPS機能がついている。おかしな場所に行けば、すぐに親にばれてしまう。まずはそこをごまかす必要があった。

智樹は、それについてもプランを立てていた。塾に置いていくのだ。どこに置いていくかも、もう決めていた。忘れ物ボックスだ。

子供達は、毎日のように塾に様々なものを忘れたり落としたりしていく。筆記用具、ポーチ、ノート、キーホルダー。それらが雑然と放り込まれた箱が、塾の受付の横にある。そこに隙をついて放り込むのだ。大丈夫、塾の休み時間はざわざわと騒がしい。先生に質問に行く子もいれば、トイレに行く子もいる。ふざけて遊んでいる子もいる。先生達の目は、智樹だけには向かない。きっとやれる。

怪しまれないように、智樹は一時間目の授業中から、具合が悪いふりをした。

普段より元気のない表情を心がけ、顔をしかめては額を手で押さえるのを繰り返す。

案の定、先生は何度か「智樹、頭痛いのか？」と声をかけてきた。それに対し、智樹は「風邪引いたのかも」と力なく返した。

休み時間、智樹は先生のところに行き、「やっぱり具合悪いから帰る」と訴えた。先生は心配そうにうなずき、自分の前で親に電話をかけるようにと智樹に促した。

智樹は巧妙に画面を隠して、親に電話するふりをした。呼び出し音や電話の向こうの声が聞こえないことを怪しまれるかと思ってひやひやしたが、休み時間の喧騒のおかげで、なんとかごまかせたようだ。帰り際にキッズ携帯を忘れ物ボックスに放り込むのにも成功した。これでもう自由の身だった。

智樹は、シンジに聞いた通りの道をたどり、廃工場を目指した。

塾の前の交差点を右に曲がって、四つめの角を左。そこからしばらく真っ直ぐ歩いた先、坂道の途中。

まず、角を四つ数えるまでに、結構な時間がかかった気がした。随分歩いて、やっと四つ目の角にたどり着き、左に曲がる。さっきまでは大きな道路沿いの道だったのに、曲がった途端に急に道は細くなった。もう陽は沈み、辺りは薄暗い。道の両側には古ぼけた雑居ビルばかりが建ち並び、明かりも少なかった。人通りもない。ひどく心細い気分で、智樹は歩いていく。

またしても随分歩いてから、ようやく目の前の道はだらだらとした上り坂になった。辺りの景色は、いつの間にか変わっていた。雑居ビルではなく、古い家やアパートが建ち並んでいる。ほとんどの窓が暗く、ろくに外灯もついておらず、それらの家にちゃんと人が住んでいるのかどうかもわからない。

目的の廃工場は、坂の中腹辺りにあった。

そこにたどり着いたときには、もう辺りはすっかり夜だった。ぼろぼろの煉瓦っぽい塀の向こうに、煤けた色をしたコの字型の建物が見える。二階建てのようだ。トラック二台分の幅をした錆びた門が、敷地への入口をふさいでいる。門は鎖で封鎖されているが、大した高さではない。智樹でも簡単によじ登れてしまうだろう。

工場の前には背の高い街灯が一本立っていて、白々とした光を辺りに振りまいていた。

智樹はその光の下に立ち、腕時計で時間を確かめた。

午後七時。

アキラくんの姿は、どこにもなかった。

来てくれるかもと、ちょっとだけ期待していたのに。

仕方ない。アキラくんもやっぱり、つまらない大人の一人だったのだ。

智樹は鉄錆にまみれた門に両手をかけた。がしゃがしゃと門が揺れるのも気にせずによじ登り、たやすく乗り越えて敷地の中に降り立つ。そして、歩いていく。建物の方へ。

敷地の半分まで来たとき、智樹は一度足を止めた。

そこが、背後の街灯の光が及ぶぎりぎりの範囲だった。

あともう一歩踏み出せば、自分は光の及ばない場所に行く。そう思うと一気に心が怖気づくのがわかる。見上げれば工場の建物はどこまでも陰鬱な風情で夜闇に沈み、前に燃えてしまった『お化け屋敷』の何倍も恐ろしいものに感じられた。

ちらと、智樹は背後を振り返る。

あのかっこいいスーツ姿を、人懐こい笑みを浮かべたよく整った顔を探す。

けれど、門の向こうにはやはり誰の姿もない。

智樹は今度こそ諦（あきら）めて、塾の鞄（かばん）の中から懐中電灯を取り出した。家からこっそり持ち出してきたものだ。

建物の入口に歩み寄る。壁に掲げられた看板は、ぼろぼろに剝（は）げていて読めなかった。きっとここも封鎖されているだろうと思ったのに、入口の戸は簡単に開いた。よく見ると、鍵（かぎ）が壊されている。シンジの話に出てきた不良が壊したのかもしれない。

中は真っ暗だ。智樹は懐中電灯のスイッチを入れた。真っ白な光が闇を貫き、空気中を漂う無数の埃（ほこり）がくっきりと浮かび上がる。

最初の一歩を踏み出すには途方もない勇気が必要だった。何度も何度もためらって、ついに智樹は建物の中に足を踏み入れた。

入ってすぐのところは、受付になっていたようだ。応対する者がいなくなって久しい受付カウンターは埃にまみれ、壁にはポスターが破り取られた痕（あと）だけが残っている。智樹はその前を素通りし、恐る恐る廊下を進む。上階に行く階段を見つけたが、とりあえず無視して、そのまま廊下を進み続けることにした。

すえたような臭いがする。あちこちに段ボール箱が転がり、ゴミやゴミ袋が散乱している。脱ぎ捨てられた作業着みたいなもの、半端に書類が残ったぶ厚いパイプファイル、汚れたカップ麺の容器、スナック菓子の袋、べこべこにへこんだ空き缶。どれもこれも汚らしくて、触る気にもならない。

懐中電灯の光は強く眩しいが、あくまでも限定的な範囲しか照らし出すことができず、智樹はせわしなく手を動かしては、あちこちに光を向けた。光の範囲外にどんな危険が潜んでいるかわからない。智樹の胸の中では、心臓が今にも爆発しそうな勢いで鼓動し続けている。額から流れ落ちる汗はなんだかひどく冷たい。

冒険をしているというわくわく感は、少しもなかった。

正体のわからない義務感みたいなものに突き動かされるようにして、智樹は建物の奥を目指した。

少し進むと廊下は直角に折れ、何やらがらんとした広い空間に出た。

天井は屋根まで吹き抜けになっているようだ。工場が動いていた頃には、ここにはたぶん大型の機械でも置いてあったのではないだろうか。智樹はそう推測する。きっと金になりそうなものは全て運び出された後なのだ。だから、もうここにはゴミしかない。

二度と使われることのない注文書の束が床の上にぶちまけられ、捨て置かれたケーブルが蛇のようにとぐろを巻いている。壁際には大きな布の塊みたいなものが転がっている。それがまるで人間の死体のように見えて、智樹は逃げるように奥の扉に駆け寄る。

扉の向こうは、先程と同じような直角に折れた廊下だった。

またしても階段がある。誰かが念入りに散らかしていったとしか思えないレベルで、ここもゴミが散乱している。智樹は、今度こそ階段を上ることにした。なるべく汚いものを踏まないように気をつけながら、一段一段上っていく。

上りきった先は、左手側と正面が壁になっていた。一体誰の仕業なのか、正面の壁には黒いスプレーで大きな右向きの矢印が書かれている。

矢印が示す方には、長く廊下がのびていた。

目的地はこの廊下の先なのだ。智樹はそう確信した。

廊下の左手側は窓、右手側は壁になっていて、扉が幾つか並んでいた。外の明かりがわずかばかり窓から入ってくるせいか、二階の廊下は一階より少し明るい気がした。

智樹は懐中電灯を持った手を前にのばすようにして、廊下の先の様子を窺った。

突き当たりにも扉があるのが見える。

智樹は勇気を奮って廊下を進み、その扉を押し開けた。

そこは、小さめの会議室のような部屋だった。

長机が向かい合わせに置かれ、パイプ椅子が添えられている。床にも机にもぶ厚く埃が積もっているが、他の場所に比べるとゴミは少ない気がした。

シンジは、二階の一番奥にあるこの部屋で儀式を行うと言っていた。

儀式には四人必要だというが、ここには智樹しかいない。智樹が一人でぐるぐると部屋の中を巡るしかないだろう。不完全な儀式では異次元への扉は開かないかもしれないが、それでもやってみようと思った。

部屋の隅に立ち、智樹は深呼吸した。

まずは――明かりを消す必要がある。

懐中電灯のスイッチをオフにするにはやはりとてつもない勇気が要ったが、智樹はなんとかやり遂げた。途端に部屋の中を暗闇が支配する。窓があるから、完全な真っ暗闇とまではいかなかったが、それでもろくにものが見えないくらいには暗い。

明かりの消えた懐中電灯を左手にぶら下げ、右手は壁に添えて、移動を開始する。

暗闇の中の移動は、泣きそうなくらい怖かった。角に突き当たり、智樹は壁に片手を当てたまま向きを変える。壁に沿ってそろそろと智樹は歩く。

周囲の闇の中から今にもお化けが現れるのではないかという気がする。あるいは、忽然と消えてしまったという工場長が現れるかもしれない。どう見ても死者としか思えない青白い顔の工場長は、骨だけになった手で智樹につかみかかってくるかもしれない。

また角に行き当たり、向きを変える。

何回向きを変えたかは、正確に覚えておかないといけなかった。この部屋を三周する必要があるのだ。十二回、それだけ角に行き当たったら、儀式は終わりだ。

壁を手探りしながら、智樹は歩き続ける。三つ目の角。四つ目の角。これで一周した。あと二周。あと二周で――異次元への扉が開くかもしれない。

でも、智樹はだんだんわからなくなってくる。

自分は一体なぜこんなことをしているのだろう。異次元ってそもそも何なのだろう。

そこに行ったら、どうなってしまうのだろう。こんな怖い思いをしてまで、行かないといけない場所なのだろうか。

五つ目の角。六つ目の角。七つ目の角。八つ目の角。残りはあと一周。智樹の目は暗闇に一向に慣れてくれず、部屋の中を見回しても、影の濃淡でなんとなくあの辺に机があるんだろうなということくらいしかわからない。

九つ目の角。十個目の角。どんどん足取りが重くなるのがわかる。三周回り終えてしまったときに何が起こるんだろうと思うと、怖くてたまらない。壁に添えた手が震える。汗で滑って、懐中電灯を取り落としそうになる。心臓の音がうるさい。もうこんなことやめてしまいたい。でも、途中でやめてしまっていいものなのかもわからない。

ここにアキラくんがいてくれたら、と智樹は思った。

アキラくんさえいてくれたら、きっと怖くなんかなくなるのに。

アキラくんのことだ、きっと角を曲がるときにも元気よく「今、十個目の角まできたよ！」とか言うに違いない。そうだ、アキラくんさえいてくれたなら。

十一個目の角を曲がる。次が最後だと思うと、進むのが本当に嫌になる。ここまでくると、あと大体何歩で次の角に行き当たるのかがわかってくる。あと七歩だ。七歩で、この儀式は終わる。

七歩進んだ。

智樹の手が、十二個目の角を探り当てる。

そのときだった。

――ぽん、と誰かが智樹の肩を後ろから叩いた。

「うわあーっ！」

智樹は思わず悲鳴を上げた。

そのまま両手で頭を抱えてしゃがみ込む。ごめんなさい、許してください、そんな言葉ばかりが口から漏れる。お化けだ。異次元からお化けがやってきたのだ。

けれど、聞こえてきたのはお化けの声などではなかった。

「――あ、驚かせてごめんね。大丈夫？」

柔らかく澄んだ声が、そう言った。

智樹は顔を上げた。

暗闇の中にぼんやりと、背の高い影が立っているのが見える。

「……アキラくん？」

智樹は目に涙を浮かべて影を見上げる。

「うん。迎えに来たよ」

優しい話し方も、すらりとしたシルエットも、間違いなくアキラくんだった。

来てくれたのだ。

智樹は立ち上がり、アキラくんの体に抱きついた。

「……もーっ、遅えよアキラくん！　びっくりさせんなよ、おしっこ漏らしそうになっただろー！」

「ごめんごめん、怖い思いをさせちゃったね」

アキラくんはそう言って、智樹の頭をなでてくれた。暗闇の中で、ちらりと笑顔が見える。その笑顔に、智樹は心の底からほっとする。

「まったく、こんなところに一人で来ちゃ駄目じゃないか。どこも怪我してない？」

「うん。平気」

「本当に平気？　漏らしちゃってない？」

「も、漏らしてねーし！　漏らしそうになったってだけだし！」

智樹が慌ててそう言い返すと、アキラくんはあははと笑った。

やっぱりアキラくんはすごい。アキラくんがいるだけで、あんなに怖かったのが大丈夫になった。

そのとき、どこか遠くの方で、何か物音が聞こえた気がした。

智樹は息を呑む。何だろう。ここには自分達しかいないはずなのに。

懐中電灯を点けようとして、智樹は自分が両手に何も持っていないことに気づいた。たぶん、さっきしゃがみ込んだときに落としたのだ。慌てて床を手探りする。でも、どこかに転がっていってしまったのか、それらしきものが手に触れる気配はない。

「どうしたの？」

「アキラくん、俺、懐中電灯落としちゃった……」

「そっか。でも大丈夫、僕が手を引いてあげるから、もう行こう」

アキラくんはそう言って、智樹の手を握った。

その手は、汗ばんだ智樹の手に比べると少しひんやりとしていて、乾いていた。こんな状況でも少しも動揺していない証拠だ。さすがアキラくんだと思った。手汗だらけの自分が、ちょっと恥ずかしい。

そういえば、アキラくんは懐中電灯を持ってきていないのだろうか。

「アキラくん、こんなに暗くても大丈夫なの？　見えるの？」

「うん。僕は暗くても大丈夫なんだ」

「すっげえ。それ、訓練したの？」

「訓練とはちょっと違うけど……うん、まあでも、慣れてるのかも」

苦笑いのような気配を声ににじませ、アキラくんは智樹の手を引いて扉を開ける。

あれ、と智樹は思った。

さっきと廊下の様子は変わらない。片方の側が窓になっていて、もう片方が壁と扉。

でも——さっきより、廊下が長く見える気がする。

窓から入る外の光はあまりにも仄かで、廊下にわだかまる闇をほんのわずか薄める程度の力しかない。けれど、窓の辺りがそうやって少し明るくなっている分、廊下の突き当たりと思われる辺りはかえって暗さを増し、完全に闇に没してしまっているのだ。

来たときは懐中電灯があったから、向こうを照らすことができた。だが、それを失った今となってはもう、智樹にはこの暗闇を見透かす術がなかった。……この廊下にきちんと果てがあるかどうか、確認のしようもないのだ。

そう思った瞬間、急に足がすくんだ。

「どうしたの？」

アキラくんが心配そうに智樹に声をかけてくる。

でも、智樹はそれに返事もできない。

暗く闇に沈んだあの先が、壁ではなくどこまでもはてしない廊下になっているような気がしてならない。階段は初めからなかったかのように消失し、自分は無限に続く異次元の廊下に閉じ込められて、二度と外には出られない。そんな妄想が智樹の心に取り憑き、身動きさえできなかった。

アキラくんが智樹の手を引っ張った。

「ほら、行こうよ。歩いて」

「や、やだ。進みたくない。怖い」

智樹は震える声で答える。前に進むのが、どうしても怖かった。だって、無限廊下に迷い込んだら、もう助からないに決まっていた。

アキラくんが言う。

「進まないと、外に出られないよ。帰りたいんでしょう？」

「で、でも、だって」

「もしかして、帰りたくないの？」

「え……」

智樹は怯えた目でアキラくんを見上げる。

くすり、とアキラくんが小さく笑った気がした。

「……なあんだ、それが君の望みだったのか」

「アキラくん……？」

「だって――どこかへ行ってしまいたかったんでしょう？」

アキラくんが智樹の方に少し身をかがめるようにして、そう囁く。

その言葉に、智樹はびくりとする。

くすす、とまたアキラくんが笑う。

「それなら、君もずっとここにいればいい。よかったね。望みが叶ったよ」

アキラくんが怖いことを言う。

智樹は泣きそうになって、

「やだ。俺、帰りたい……」

「どうして？」

「だ、だって」

答えようとして、智樹は何と答えればいいのかわからなくなった。

どこかへ行ってしまいたかった。それは確かに、智樹の望みだった。

でも、こうして本当にどこかわからないところに来てしまうと、とてつもなく怖かった。こんなところにいたくない。早く家に帰りたい。

「明日(あした)の晩はハンバーグを作ってあげる」と言った母の顔を、唐突に思い出す。ほんの数時間前の出来事だというのに、懐かしさが込み上げた。今すぐ母に会いたいと思った。

でも、それがどれだけ勝手な願いかということは、自分でもわかっていた。

だって自分は、ハンバーグを作ってくれると言った母に、返事もしなかった。それどころか、ここ数日ろくに口もきかなかった。

自分が悪いのだ。

本当はずっとわかっていた。苛々(いらいら)して、ふてくされて、母に当たった。嫌な奴だった。こんな嫌な子供はいらないと、産まなきゃよかったと、母の方でもとっくに思っているかもしれない。

涙が込み上げてくる。

「お、俺、最近おかしいんだ。ずっと駄目なんだ。歯車がずれちゃったんだ」

「歯車?」

「嚙(か)み合わないんだ。皆、俺の思う通りに動いてくれない。だから苛々して」

「そんなのは当たり前のことだよ。世界は君の思う通りに動くものじゃない」

「わかってるよ、そんなこと。……わかってるけど、でも、前はこうじゃなかった気がして」

「前は、もっと大事にされていた？」

「うん。もっともっと大事にしてもらってた」

智樹は洟を啜りながら言う。

以前は、母は何でも智樹の希望を叶えてくれていたように思う。泣いたら何でもしてもらえた。許してもらえた。あの頃はとても幸せだった。

アキラくんが言った。

「それはね、君が小さかったからだよ。もう君は大きい。泣いたら許してもらえる年じゃなくなったんだ」

「でも俺、まだ子供なのに」

「そうだね、子供は子供だ。でも、これから大人になっていく子供だ」

アキラくんはそう言って、智樹とつないだ手を、子供がするようにぶんぶんと軽く前後に振った。

「君くらいの年の子が、もしかしたら一番辛いのかもね。まだ体も心も未熟なのに、周りからは成長を急かされて、もうとっくに子供じゃなくなったかのように扱われる。周りが君に期待することと、君が実際にできることの釣り合いがとれていないんだ」

「それは、俺が悪いの？　俺が駄目だから？」

アキラくんとつないでいない方の手で涙を拭いながら、智樹は言う。

頭の中に壊れたおもちゃのイメージが浮かぶ。

歯車がずれてしまって、動かなくなったおもちゃ。それは智樹自身だ。

周りとうまく噛み合わないのは、他の人の歯車がずれたのではなく、きっと智樹の歯車がおかしくなってしまったせいなのだ。いや、それどころか、もしかしたら自分はそもそも歯車のずれた不良品だったのかもしれない。今までは、周りが無理をして智樹に合わせてくれていただけで――でも、もう皆それが嫌になったのだ。それなら、自分は近いうちにお前なんていらないと捨てられてしまうのかもしれない。親から、周りから、皆から。そう思うと悲しくて、涙も鼻水も無限に湧いてくる。

けれど、アキラくんは言う。

「君のせいじゃない。大抵の人はそうだよ」

「アキラくんも？」

アキラくんがごまかした。

「僕は……さあ、どうだったかな」

たぶんアキラくんはそうじゃなかったのだ。きっと小さい頃から何でも上手くこなせる、アニメの主人公みたいな子だったんだと思う。

でも、智樹のせいではないと言ってもらえたのは嬉しかった。

アキラくんの言うことなら信じられた。

アキラくんと話していると、自分で自分を理解できるような気がする。軋むばかりだった歯車を一度分解してはめ直すように、智樹は己の中にある気持ちを一つ一つ取り出して整理していく。

「……本当は俺、受験なんかしたくないんだ」

「そう」

「でも、親が受験しろって言う理由もわかる。将来のために、いい学校に行ってほしいって思ってるんだ。俺のためなんだ」

「そうだろうね」

「ヴァイオリン、本当はやめたくないんだ。でも、上手くできないのが嫌だから、いっそやめちゃいたいって思うのかも。発表会で失敗したら悔しいから」

「ヴァイオリン、好きなんだね」

「母ちゃんのハンバーグも、好きなんだ」

「そっか」

「塾は……嫌いじゃない。学校の授業よりわかりやすい。勉強しろってガミガミ言われるのが嫌なだけ」

「そうなんだ」

「……だから俺、やっぱり帰りたい」

アキラくんの手をぎゅっと握りしめ、智樹は言った。

帰ったら、うんと叱られるだろうけれど。

でも、今は本当に、帰りたいと思った。

アキラくんが、ふっと笑った気配があった。

「君の気持ちはわかるよ。ちょっと家出してみたかっただけなんでしょう？　逃げ出したくなったんだ、色んなことから」

「……うん」

「それなら、早く帰らないといけない。まだ帰れるうちにね」

アキラくんが、智樹の手を引いて歩き始めた。

智樹は震える足に力を込めて、それについていく。

「俺、まだ帰れる？」

「帰れるよ。……君はね」

ひっそりと呟くように、アキラくんが言う。

目の前の廊下はまだまだ続いている。闇に沈んだ先には終わりが見えない。本当に自分達はここから抜け出せるのだろうかと、不安になる。

でも、アキラくんは迷いのない足取りで、智樹の手を引きながら歩き続ける。

智樹が何かに躓いて転びそうになる度、アキラくんが支えてくれる。顔を見合わせ、智樹とアキラくんはくすりと笑い合う。やっぱり冒険は一人でするものではないなと智樹は思う。頼もしい相棒さえいてくれれば、怖さも楽しさに変わる。

「アキラくん」

歩きながら、智樹はぐいとアキラくんの手を引いた。

「アキラくん、この前はごめんね」

「この前って？」

「友達じゃないなんて言って、本当にごめん。アキラくんは、俺の友達だ」

「──……」

アキラくんが、少し口をつぐんだ。

怪訝な気持ちで、智樹はアキラくんを見上げる。

どうしたの、と尋ねようとしたときだった。

アキラくんが前方を指差した。

「ほら、階段だよ」

見ると、少し先に、廊下の突き当たりの壁が見えていた。その横には下に向かう階段。

無限廊下なんて存在しなかった。

自分達は、この建物から出られるのだ。

二人で手をつないだまま、階段を下りる。

あとはまたあの広々とした場所を抜けて、入ってきた入口を目指せばいい──そう思ったときだった。

また物音が聞こえた。

誰かが何かを蹴飛ばしたような音だった。

はっとしたアキラくんが、智樹の手を引いた。

廊下を奥に進み、放置されたままのロッカーの陰に智樹を引っ張り込む。そのまま二人でその場にしゃがみ込む。

——ぎい、と扉が開く音がした。

智樹はびくりとして、アキラくんにぴったりと身を寄せた。

誰かがこっちに歩いてくる気配がする。ずるりずるりという、引きずるような重たい足音。智樹は今にも悲鳴が迸りそうな己の口を懸命に手で押さえ、迫りくる異様な気配に身を縮める。低い声がぶつぶつと何かを呟いているのが聞こえる。悪態のような、呪詛のような、とにかく良くない言葉だ。排泄物にも似た悪臭が鼻をつく。

ずるり、ずるりと、耳障りな感じに床を擦りながら足音が近づいてくる。

黒く大きな影がぬうっと現れ、智樹の前を横切ろうとする。

その瞬間、ひっと智樹は息を呑んだ。

影がこっちを向く。

目が、合った。

「……わあああっ！」

恐怖にかられた智樹は、思わずアキラくんの手を放し、その場から逃げ出した。一目散に扉の方を目指して走る。

扉に取りつき、勢いよく開けて、例の広々とした空間に飛び出した。

そこでようやくアキラくんを置いてきてしまったことに気づき、智樹は後ろを振り返った。

だが、智樹の目に映ったのは、閉じかかった扉を再びばあんと開けてこちらに飛び出してきた大きな影だった。

影はそのまま智樹に向かって突進してくる。すさまじい絶叫が智樹の喉を貫いて出た。逃げなくてはと思うのに、恐怖にすくみ上がった体はその場から少しも動いてくれない。

あっという間に、智樹は床に押し倒された。

汗ばんだ生温かい体がべたりと智樹に押しつけられる。重たい。鼻が曲がりそうな悪臭と共に、はあはあという獣のような息遣いが顔に迫る。必死に押しのけようとのばした手が、脂じみた硬い毛に触れた。ぞっとする手触り。おぞましくて忌まわしくて、智樹はもがきながら悲鳴を上げる。

「やだっ、やだあああっ、アキラくん、アキラくん助けて、助けて！」

涙でにじんだ視界の端に、そのとき白い光が見えた。

こっちに向かって、何者かがものすごい勢いで走ってくる。智樹は必死に手をのばし、助けてと叫ぶ。

――突然、智樹の上にのしかかっていた化け物が、潰れた悲鳴と共に吹っ飛んだ。

走り寄ってきた何者かが、その勢いのままに化け物を目一杯蹴り退けたのだ。

「智樹くん！」

アキラくんだった。

手に、ライトを点けたスマホを掲げている。アキラくんは床に膝をつくと、倒れたままだった智樹を引っ張り起こしてくれた。

「智樹くん、大丈夫⁉」

「アキラくん、アキラくん……！」

智樹はアキラくんにしがみついた。そうしていないと、また悲鳴を上げてしまいそうだった。自分の体が信じられないくらいがたがた震えているのがわかる。ぼろぼろと涙が目からこぼれ、智樹は何度もしゃくりあげた。呼吸が落ち着かない。怖かった。殺されるかと思った。いや、殺されるよりもひどいことをされるかと思った。

アキラくんは智樹の背中を何度もなで、もう大丈夫だよと繰り返した。

それから、片方の腕で守るように智樹を抱えたまま、もう片方の手でスマホを操作して誰かに電話をかける。

「高槻です。智樹くんを見つけました。……ええ、彼は無事です。場所は――」

電話の向こうで半狂乱で誰かが何か叫んでいる。それは、智樹の母の声のようだった。

「……母ちゃん？」

智樹が呟くと、アキラくんはスマホを智樹に近づけた。

母が言うのが聞こえた。

『智樹⁉　智樹、あんたそこにいるのね？　無事なのね⁉』

「ぶ、無事……ご、ごめんなさい……」

嵐のようなお説教が飛んでくることを覚悟して、智樹は先手を打って謝る。

けれど、聞こえたのは、母が電話口で漏らした『よかった』という涙声だった。

え、と智樹は思った。母が泣いていることに狼狽（うろた）える。自分がいなくなったことがばれていたのは仕方ないとして、まだそんなに時間も経っていないだろう。いくらなんでも心配しすぎではないだろうか。

けれど、自分の腕時計を見てみると、この建物に入ってからすでに二時間以上が経過していた。恐怖と緊張で、時間の感覚が狂っていたらしい。

アキラくんは母との通話を終えると、またすぐに別の番号に電話した。智樹を無事保護したことと、不審者を捕まえたことを伝えている。驚いたことに、相手は警察らしい。

智樹は、電話を切ったアキラくんにびくびくしながら尋ねた。

「アキラくん、何で警察にまで……？」

「君がいなくなったことは、警察にも届けていたからね。親御さんも塾の先生も、本当に心配していたんだよ。君は大いに反省すべきだ、智樹くん」

困った子だよと言いながら、アキラくんが智樹の頬を指でぐいとつまんで引っ張る。

そこまで大事になるなんて、智樹は想像もしていなかった。帰ったら自分は一体どれだけ叱られるのだろうか。

そのとき、低いうめき声のようなものが聞こえた。

はっとしてそちらを見ると、アキラくんがさっき蹴り飛ばした化け物が、床の上で芋虫のように蠢いていた。

いや、化け物ではない。よく見ればそれは人間で、中年の男だった。随分汚らしい格好をしている。いつ洗ったのかもわからない半白髪の髪はくしゃくしゃで、肩につくほど長かった。男は痛そうに脇腹の辺りを手で押さえながら、床を這いずるようにして、この場から離れようとしているようだ。

「ああ、逃げられると困るね」

アキラくんがぼそりとそう呟き、立ち上がった。

辺りを軽く見回し、落ちていた長いケーブルを拾い上げて、もたもたと匍匐前進している男に大股で歩み寄る。

「どこへ行くんです？　もうすぐ警察が来ますから、ここにいてもらわないと」

口調だけは丁寧にそう呼びかけ、アキラくんは男の手足をケーブルで縛り上げた。

そのあまりの手際の良さに、智樹はちょっとぽかんとしてしまう。例の大麻栽培の男達の件といい、やっぱりアキラくんは普段から悪人を捕まえているヒーローなのだろうか。この手慣れた感じは、きっとそうに違いない。大学のジュンキョウジュは仮の姿で、本当は闇の仕置き人だったりするのかもしれない。智樹はそう思った。

それからアキラくんは智樹と手をつないで、スマホのライトを頼りに、建物の出口を目指して歩き出した。男は床に転がしたままだ。

もうすぐ智樹の両親と警察がここにやってくるのだそうだ。

アキラくんは歩きながら、智樹がいなくなってからのことを話してくれた。

「最初に気づいたのは、塾の先生だったんだよ」

――智樹が忘れ物ボックスに隠したキッズ携帯。やはりあれが、智樹失踪の鍵を握っていたようだ。

智樹が塾から出て行った後、忘れ物ボックスの中で智樹の携帯がぶるぶる震えていることに、先生の一人が気づいたのだそうだ。電源を落とすと親にばれるので、音が鳴らないようにして忘れ物ボックスに突っ込んでおいたのだが、バイブ機能を切っておくのを忘れたらしい。

登録されていない番号から何度も着信があることに気づいた先生は、電話に出てみたのだという。

電話をかけてきていたのは、アキラくんだった。

「ほら、この前の電話のとき、君の様子がおかしかったでしょう。今日の七時に廃工場に来いとも言ってた。あのとき僕は止めたつもりだったんだけど、やっぱり気になってね。それで電話してみたんだけど……塾の先生から、体調不良を訴えて帰ったはずの君の携帯が塾に置いてあったと聞いたとき、もしかしてと思った。それで塾の先生に確認してもらったら、君の親御さんは早退の電話なんてもらってないって言ってて――やっぱり君は一人で廃工場に冒険しに行っちゃったんだなって、わかったんだ。だから僕は、君の親御さんと塾の先生に状況を伝えて、急いでここに向かったんだけど……」

そこまで話したアキラくんの声が、急に尻すぼまりに小さくなった。

ちらと智樹の方を見て、

「……あの、智樹くん、ごめんね。来るのが随分遅くなっちゃって」

「別にいいよ。だって、電話かけてきたとき、大学にいたんでしょ。そんなすぐに来られるわけないじゃん」

智樹が言うと、アキラくんは「それだけじゃなくて、だからその」とかなんとかごにょごにょ言った末に、世にも情けない表情で白状した。

「――あのね、実は僕、迷子になっちゃったんだ」

「え？　何それ、迷子？」

「うん。この廃工場までの道順は、君の塾の場所を起点にして聞いてたでしょう？　あれは言葉で聞いてたから、塾から廃工場までは迷わなかったんだけど……駅から塾にたどり着くまでに、ちょっと時間がかかっちゃって。それがなければ、もっと早く来られてたはずなんだ」

アキラくんが、本当に申し訳なさそうな顔で言う。

が、智樹にはアキラくんの言っていることがよくわからない。

智樹が通う塾は、駅から徒歩七分ほどの場所にある。大通り沿いにあるし、わかりやすい立地だ。スマホで地図を調べればすぐにたどり着けただろう。

「僕、地図読むのがすごく苦手で……ああ、やっぱり深町くんに頼んで一緒に来てもらえばよかった！　僕がもっと早く着いてさえいれば、智樹くんがあいつに襲われることもなかったかもしれないのに！　怖い思いをさせちゃって本当にごめんね」

深い後悔を漂わせ、アキラくんが智樹に謝る。

その言葉になんとなく違和感を抱きつつも、智樹は「別にいいよ」と繰り返した。

やがて建物の出口が見えてきた。

智樹はアキラくんと手をつないだまま、外に出た。

まだ智樹の両親も警察も来ていないようだった。

智樹は外の空気を胸一杯に吸い込んだ。変な臭いもしない、埃にまみれてもいない空気は、信じられないほどおいしかった。

「外だー……出られたー……シャバの空気美味え……！」

思わずそう呟いたら、アキラくんは「そういう言葉、どこで覚えるのさ」と笑った。

門の方へ向かって歩きながら、智樹はちらと肩越しに建物の方を振り返った。

「……あいつ、一体何だったのかな？」

あの、智樹が最初化け物だと思った男のことだ。

一体どこからあの男はやってきたのだろう。智樹をどうするつもりだったのだろう。

アキラくんは言った。

「たぶんあいつは、ここに住んでたんじゃないかな」

「え、ここに!?」

「廊下に落ちてたゴミの中に、ビールの空き缶やカップ麺の容器があった。それを見たとき、誰かが生活してる可能性があるなと思ったんだ。——いいかい、智樹くん。こういう廃工場だとか、廃病院だとか、心霊スポット的な建物では、危険はお化けだけじゃないんだよ。怖い人と遭遇して、ひどい目に遭うかもしれないんだ」

「ひどい目って?」

「痴漢とか。最悪、殺されちゃったりもする」

「ち、痴漢って、俺、男だよ!?」

「男だって痴漢に遭うことはある。子供ならなおさらね。世の中には意外と変態が多いんだ、気をつけないといけないんだよ。覚えておきなさい」

真面目な顔でアキラくんが言う。智樹は今更ながらにぞっとする。

アキラくんが来てくれなかったら、自分はどんな目に遭わされていたのか。

さっきのことを思い出したように、アキラくんは顔をしかめて言った。

「本当に、この建物に入ってすぐに君の悲鳴が聞こえたときには、肝が冷えたよ。もし僕が間に合わなかったらって思うと——」

「——え? ちょっと待ってよ、アキラくん」

今度こそ決定的な違和感を覚えて、智樹はアキラくんの言葉を遮った。

アキラくんが、きょとんとした顔で智樹を見下ろす。

「何？　どうかした？」

「建物に入ってすぐに俺の悲鳴が聞こえたって、どーゆーこと？」

「だから、やっとここに着いて、ああ早く君を探さなきゃって思いながら建物に足を踏み入れたら、いきなり君の悲鳴が聞こえて」

「でもアキラくん、その前からずっと俺と一緒にいたじゃんか」

「え？」

「二階の、儀式の部屋からずっと一緒だったじゃん。廊下を一緒に歩いて、階段下りて。あいつがこっちに来たとき、最初一緒に隠れたじゃんか」

「——一体何を言ってるの？　智樹くん」

アキラくんが真顔で首をかしげた。

「僕は、ついさっきここに着いたんだよ？」

「え……」

智樹は腹の底の方にひやりとしたものを覚える。

それなら、自分が一緒にいたあのアキラくんは何だったのだ。

確かにアキラくんの姿をしていたし、アキラくんの声をしていたように思う。暗くてあんまりよく見えなかったとはいえ、完全な暗闇というわけでもなかったのだ。

でも、そういえばあのアキラくんは、明かりを必要としていなかった。今ここにいるアキラくんは、スマホのライトを使っている。

……ああ、それにもう一つ、違うところがある。

智樹は、まだつないだままのアキラくんの手に目をやった。

大きな、アキラくんの手。智樹の手をすっぽり包み込んだそれは、温かい。

けれども、あのとき智樹の手を握ってくれていたアキラくんの手は、もう少し小さくて——ひんやりとしていたような気がする。

智樹は足を止め、あらためて工場の建物を振り返った。

二階の隅の部屋の窓に、人影が見えた気がした。

けれど、一度まばたきした間に、もうその人影は消えていた。

『——帰れるよ。……君はね』

あのアキラくんは、そう言った。

ということは、あのアキラくんは、たぶん帰ることができないのだ。

怖くはなかった。

だって、あのアキラくんは、智樹にとても優しかった。

「……アキラくん」

智樹は、つないだままのアキラくんの手をぐいと引っ張った。

「あのさ、アキラくん。俺、すげえ体験しちゃったのかも」

「すごい体験って、それはまあそうだろうけど」

「違う、そーゆー意味じゃなくて……たぶん、お化けに会った」

「えっ」

アキラくんが目を見開いた。

智樹はにやりと笑って、

「――聞きたい？」

そう尋ねた。

アキラくんは、図書館でやっているおはなし会に来た子供のような顔で、

「聞きたい！」

そう言った。

その顔を見て、智樹は思う。

ああ、やっぱりこっちが本物のアキラくんだよなあ、と。

大人だけど子供みたいで、お化けや怖い話に目がない。アキラくんは、そういう人だ。

しかし、結局智樹は、廃工場であったことをアキラくんに話してやることができなかった。

その直後に、智樹の両親が乗った車とパトカーが同時にやってきたからだ。

智樹は駆け寄ってきた両親にぎゅうぎゅう抱きしめられ、その後ものすごく叱られ、またぎゅうぎゅう抱きしめられた。アキラくんはその横で、警察官に向かって、何があったのかを説明していた。

やがて警察官はアキラくんを伴って廃工場の中へ入っていき、智樹は両親の車に乗せられて家に帰った。

家に帰ってからもまだお説教は続いたが、智樹は言い返さずにちゃんと聞いた。

そうするべきだと思ったのだ。

父にも母にも本当に心配をかけたのだということが、わかっていたから。

それから一週間ほどして、あの廃工場の敷地内から人骨が見つかったというニュースが流れた。

その骨は失踪した工場長のものではなく、行方不明になっていた中学生のものだった。智樹を襲ったあの男が自供したのだという。肝試しにやってきたその子を殺して埋めたのだと。……智樹も同じ運命をたどっていたかもしれないと思うと、あらためて恐怖を覚えた。アキラくんが間に合って本当に良かったと思った。

アキラくんとは、あの後、一度だけ電話で話した。

両親がアキラくんにお礼を言いたいと言ったので、智樹が電話をかけたのだ。智樹は少し話しただけで、その後はずっと親がアキラくんと話していたから、このときも廃工場で起きたことについての話はできなかった。

まあいいかと、智樹は思った。またいつか、何か怖い話を仕入れたときに、まとめて電話で伝えればいい。

――けれど、それからの智樹はとても忙しい日々を送ることとなった。

両親と何度も話し合いを重ねた結果、やっぱり中学受験をすることになったのだ。

ヴァイオリン教室も辞めなかった。両親は「大変だったら辞めてもいい」と言ったが、智樹が続けると言った。学校も塾も頑張るから、ヴァイオリンも続けたいと。

「やれることは全部やりたいんだ」

智樹は両親に向かって、そう言った。

「わかった。じゃあ、やれる限りやりなさい」

両親は、そう言ってくれた。

とはいえ、言うのは簡単だが、実際にやるのは大変なことだった。学校と塾とヴァイオリン。三つ全て完璧にやろうと思ったら、智樹が三人必要な気がした。

歯車が嚙み合わなくなって身動きがとれなくなると、智樹は自分の心をあの廃工場の中に一旦戻した。

アキラくんではないアキラくんと一緒に、あの長い廊下を歩いたとき。

あのとき智樹は、自分の中の歯車を一つ一つ丁寧に取り出し、眺め、そしてまたきちんとはめ直すということをしたのだと思う。あのときと同じように、自分が何を思っていてどうしたいのかをよく考えれば、出口は見つかる。思考の無限廊下から抜け出すことができるのだ。大丈夫、自分はもうそのやり方を知っているのだから。

自分でもコントロールできなかったあの苛立ちは、気づくとなりを潜めていた。

……あの、アキラくんではないアキラくんが何だったのかについては、あの後何度も考えた。

殺されて埋められていたという中学生の幽霊だったのかもという気もするし、異次元に消えた工場長だったのかもしれない。たまたまあの場所に棲(す)みついていたお化けだったかもしれないし、実はアキラくんのドッペルゲンガーだった可能性だってなくはない。どれが正解かはわからない。

でも一つだけ、これだけは間違いないと智樹が思っていることがある。

あれがアキラくんの姿をとっていた理由だ。

アキラくんは、あの頃の智樹が一番信頼していた相手だった。だからあれは、アキラくんの姿で智樹の前に現れたのだ。智樹を怖がらせないために。

――あの廃工場は、あれから程なくして更地になった。

だから、あのアキラくんではないアキラくんは、もうあそこにはいないのだと思う。

それでも智樹は、あの手の感触をたまに思い出す。ひんやりと乾いた手。

それから、その後で智樹の手を引いてくれた本物のアキラくんの手のことも思い出す。大きくて温かな手。

その二つの手に導かれて、守られて、智樹はあの廃工場から戻ってくることができた。

だから智樹は、辛(つら)いときには両手を前に差しのべることにしている。

そうすると、見えない二つの手が、智樹の手をぎゅっと握ってくれる気がするからだ。

友達の手が、こっちだよ、と導いてくれる気がするからだ。

そして智樹は、無事に私立の中学に合格した。

中学一年になった今も、ヴァイオリンは続けている。もうすぐ発表会だ。

例の廃工場での冒険から一年が経とうとしていることに気づき、智樹は、勉強机の引き出しの中からアキラくんの名刺を取り出した。

中学生になったので、キッズ携帯は卒業した。今は、受験に合格したお祝いに買ってもらったスマホを使っている。

先日、同級生から怖い話を幾つか聞いた。そいつは先輩から聞いたらしいのだが、部室棟に幽霊が出るというのだ。体育館のトイレにも怖い話があるらしい。

アキラくんは、今でも怖い話を集めて研究しているのだろうか。

『もし君達がまた何か不思議な話を聞いたり、普通と違う体験をしたときには、ぜひ教えてほしい。この番号に電話してね』

そう言ったときのアキラくんの声を思い出しながら、智樹はスマホのテンキー画面にアキラくんの番号を打ち込んでいく。

智樹の電話番号は携帯からスマホに替えたときに変わってしまったが、アキラくんははたして電話に出てくれるだろうか。

智樹のことを、まだ覚えてくれているだろうか。

智樹はスマホを耳に当てる。呼び出し音が鳴っている。

やがて呼び出し音は途切れ、電話がつながった。

『はい、高槻です』

懐かしい声が聞こえてくる。電話越しでもふわりと柔らかに響く、優しい声。

智樹は言う。

「あの——俺。智樹。アキラくん、俺のこと覚えてる？」

ああ、と電話の向こうで声がした。

『勿論覚えてるよ、廃工場で一人で冒険しちゃった智樹くんだよね！　ひさしぶり、元気にしてる？　もしかしてまた何か怖い体験した？　だったら教えてほしいな！』

アキラくんが弾んだ声で言う。

電話だから見えないけれど、たぶんその顔には満面の笑みが浮かび、大きな焦げ茶色の瞳は子供のようにきらきらと輝いていることだろう。

「あのね、アキラくん。これは、俺が今通ってる中学の話なんだけど——……」

智樹は電話の向こうに向かって話し出す。

アキラくんは、智樹の友達だ。

これからもずっと、大事な、特別な、友達だ。

第四章　俺の友達の地味メガネくん2

難波要一（よういち）の特技は、友達を作ることである。

幼稚園児の頃からそうだ。公園やショッピングセンターのキッズコーナーでちょっと放し飼いにされた瞬間から、周りにいる他の子供達に話しかけまくるタイプだった。自分の名前を名乗り、相手の名前を聞いたら、もう心許せる仲間だと思った。場合によっては互いの名前も知らないまま、無二の親友のように仲良くなったりもしていたらしい。難波はもう覚えていないが、後で大人に「さっき一緒に遊んでたのは誰だったの？」と訊（き）かれて、胸を張って「トモダチ！」とだけ答えることも多かったようだ。

気になった奴には、とりあえず声をかける。余程いけ好かない奴じゃない限り、気さくに話しかけてみる。これで大体友達になれる。

そのスタンスは、大学生になった今でも変わらない。

勿論、相手によって付き合いの浅い深いはあるし、もしかしたら向こうは難波のことを友達と思っていないケースもあるかもしれないが、まあ別にそれはかまわない。難波にとっては、それでも友達だ。特に気にはしない。

でも——近頃、妙に気になる奴がいる。

一年のときに語学クラスが同じだった、深町尚哉である。

難波は、深町のことを友達だと思っている。

深町も、難波のことを友達だと思ってくれている——と、難波は信じている。


「実は最近、すげえ気になってる奴がいてさあ」

難波が深町の話を最初にヒロにしたのは、大学二年の十一月もそろそろ終わるという頃だった。

ヒロは、手元の液晶タブレットから目も上げぬまま、

「女？」

とだけ言った。

難波は手元の漫画本をめくりながら、

「違えよ。つーか俺、彼女いるし」

「へえ、まだ続いてんだ、ナルミちゃんと」

「まだとか言うな。ずっと続くわ。俺の彼女は最強に可愛い」

難波が睨む（にら）と、ヒロは「ごめんごめん」と笑った。その間も、タブレットにペンを走らせ続けている。

ヒロとは、高校の二年三年が同じクラスだった。本名は矢田部比呂人（やたべひろと）。ひょろりとし

た体型で、極度の近視で、いつもぶ厚い眼鏡をかけている。ドライアイだからコンタクトは苦手なのだそうだ。髪の毛は、大学に入ってからいきなりオレンジ色になった。大学進学を機に共に上京して、学校は違えど今でもたまに会っては話す仲だ。

高校時代に漫研にいたヒロは、この年の春に、漫画の賞で佳作を獲った。

すげえじゃんと難波は我が事のように大喜びして祝ったが、ヒロが言うには、別にまだ漫画家になれたというわけではないそうだ。次の掲載が決まったわけでもなく、今はとにかく漫画を描いては担当編集に見せているところだという。

この日は「やばい、一人で作業してると寝そう」と連絡がきて、難波はヒロのアパートを訪れた。二日後がネームの提出日なのだという。

ヒロはちゃぶ台に置いた液タブに向かって、ひたすら漫画を描いている。

難波は床に寝転がって、ひたすら漫画を読んでいる。

ヒロのアパートは漫画本でいっぱいだ。本棚どころか床にもベッドにも漫画が積まれている。面積の三分の二以上を漫画に侵食されたベッドでどうやって寝ているのかと難波が尋ねたら、ヒロは「まあなんとかなる」と答えた。テトリスみたいな寝相になっていないといいのだが。

「……それで？　すげえ気になってる奴って、どんな？」

しばらくして、ヒロが思い出したようにそう尋ねた。

難波は漫画を読みながら、

「そーだなー、見た目は地味なメガネだな。前髪長くて眼鏡は黒縁」

「んー、そのタイプのキャラは、モブか、もしくは主人公のどっちかだなー……」

「何その二択。極端すぎねえ？」

「普段は地味なメガネが特殊能力持ってるとかだと主人公になんの。その場合、いざとなるとかっこいいのがお約束だよな。あと、眼鏡取っただけで作画が変わる」

そう言って、ヒロはさらさらと手元の紙に絵を描き、「こんな感じ」と難波に見せる。

男キャラのバストアップが二つ描かれていた。地味メガネキャラの典型と、眼鏡を取って急にイケメン度が増したキャラということらしい。イケメンの方は周りにきらきらした輝きが描き込まれ、指で薔薇をつまんでいた。

難波はうひゃうひゃと大笑いして、

「いやー、さすがにこれはない！　こーんなキラキラしいイケメンがリアルに存在したらヤベえって！……あ、いや、いるわこんなイケメン。うちの大学に」

「マジか」

「いる。民俗学の高槻先生。背高くてスタイル良くてマジでイケメン。なんか常にスポットライト当たってそうなくらい、ナチュラルに輝いて見える。おまけに優しくて紳士って感じ。講義もすげえ面白いから、俺あの先生好き」

「すげえ。――こんな感じか？」

またヒロがさらさらと絵を描いて、難波に見せる。さっきよりも倍量輝きが描き込まれた渋い美中年が教鞭を手にしているイラスト。確かに美形で紳士だが、高槻とは明らかにタイプが違う。あの先生はもっと若くて甘い顔立ちだし、片眼鏡などつけていない。

　難波はまた笑って、

「いやー、ちょーっと違うかなー……まあ、高槻先生も確かに気になる人ではあるんだけどさ。俺としてはやっぱ深町の方が気になるっつーか」

「その地味メガネくん、深町ってのか。何がそんな気になるわけ？」

「んー、何て言えばいいんだろ。そいつ、確かに大学の中だとモブなんだけどさ。大人しい感じだし、飲み会とか来ないし、いつも一人でいるし」

「お前よくそのタイプに声かけようと思うよなー、普通はそんな奴放っとくだろ？……まあ、俺のときもそうだったけど」

「ヒロはさあ、高校のとき、全部の教科のノートの表紙にその受け持ちの先生の似顔絵描いてたじゃん。それがあんまりにも特徴捉えてててすごかったから、何こいつ絶対面白え奴だわって思って。こいつ絶対将来漫画家になるなって、あのとき俺は確信したぜ」

「あーはいはい、それ何度も聞いた。――で？　そいつもノートの表紙に教授の似顔絵描いてたのか？」

「いや、そうじゃないけど。……ただ」

　難波はそこで一度言葉を切る。

　手元の漫画本を閉じ、目線を少しさ迷わせるようにしながら、己の中に言葉を探す。

深町尚哉という男のことが気になる理由。

「あいつは——なんだか、秘密のにおいがするんだ」

ほお、とヒロが声を上げた。

液タブから顔を上げ、難波を見る。タブレット用のペンをマイクのようにこちらに突き出し、ヒロは言った。

「つまり、その深町って奴には、人には言えない何かしら薄暗い秘密があると？」

「薄暗いかどうかは知らねえけど。……なんかあいつ、わざとモブキャラに徹しようとしてる感じがするんだよな。あんまり周りの奴らと話さないのも、意識してそうしてるんじゃないかって思う。周りの印象に残らないように気をつけてるっていうか」

深町とよく話すようになって、気づいたのだ。

ああたぶんこいつ昔は友達多かったんだろうな、と。

実は面倒見が良いこと。会話の流れを読むのが上手くて、ふざけ方や相手のいじり方をちゃんと知っていること。困った奴を放っておけない性格らしいこと。たまに素で笑ったときの顔は普通に明るくて、サシ飲みしているときなどは結構表情も豊かだ。

深町のそういうところを知るにつけ、難波は思うのだ。

普段深町があまり周囲と関わらないようにしているのには、何か理由があるのだと。そうしないといけない事情があって、そういう振舞い方をしているんじゃないかと。

ヒロが言った。

「じゃあ、そいつのモブキャラは、見せかけってことか？　ファッションモブかよ」

「何だよファッションモブって。聞いたことねえわそんな言葉。でも、とにかく自分からモブになりにいってる感じはする」

「モブは世を忍ぶ仮の姿で、実は芸能人だったり？　普段は目立たないように地味な格好してるけど、大学終わると事務所行って着替えてテレビ出てるとか」

またさらさらとヒロが絵を描いてみせる。ヒラヒラや紐がたくさんついた服を着て、片手にマイクを持ち、もう片方の手でハートを作っているアイドル。短時間でよくもまあこれだけ描けるものだと感心しながら、難波はないないと首を振る。

「いや、それはさすがにねえだろ。深町にそれは無理だ絶対」

「じゃあ、あれだ。モブは世を忍ぶ仮の姿で、実は世界を救う力を持った能力者。時空の狭間からこっちの世界を侵食しようとする化け物を毎日退治してるんだ」

「あー、ありがちな設定だけどテッパンだよなー、そういう漫画って」

「おう、今描いてるのそんな漫画よ」

ヒロが液タブに片手を置き、にかりと笑って親指を立ててみせる。

頑張れよと難波は親指を立て返し、

「……あーでも、もしかしたら、その説、あながち外れてもいないのかも？」

「えっ、マジで戦ってんの？」

「違えって。でも、こっちが困ってると、いつも助けてくれるし……あと、なんか」

難波は、片手を持ち上げて己の耳に当てる。

よく深町がするポーズだ。

「しょっちゅう耳押さえるんだ。深町の奴」

「耳？」

「うん。ちょっと痛そうに」

「耳が悪いとか、障害があるとかじゃなくて？　俺の従姉、前に突発性難聴になったことがあるんだけど、それ以来、特定の音域の音を聞くと耳が痛くなるって言ってた」

「あ、それに近いのかも。何かに反応して耳押さえてる感じはする」

「わかった。実はそいつは滅茶苦茶耳が良くて、犬笛の音が聞こえるんだ！」

「何で犬笛？　役に立たねえ能力だなー」

「時空の狭間から化け物が侵入したときの合図が犬笛なんだよ。それで召集されるんだ。

……その設定はありだな、普通の人間には聞こえない音で合図がきたり、能力者同士で会話したりするんだ」

後半はヒロの独り言らしい。手元の紙に何かメモして、ヒロはまた漫画を描く作業に没頭し始める。このままいくと、ヒロの漫画に深町が登場してしまうかもしれない。召集の合図が犬笛だと、犬ばかり集合しそうな気もするが。

……ヒロの話は突飛だが、深町が何かを隠しているのは間違いないと、難波は思う。

……深町の周りには、見えない線が何本か引かれている。そんな気がする。

それぞれの線の間は、ゾーン分けされている。

『一般の方々はこれ以上はご遠慮ください』の線から先には、たぶん深町のことをただの地味メガネだと思っている奴らは入れてもらえない。でも、難波は入れる。サシ飲みまでさせてもらっている仲だ、ここは堂々と通過できる。

が、その内側、『多少親しい方はここまではＯＫです』の色が塗られた先にある、『関係者以外立入禁止』の線の向こうは、難波でも駄目だ。

深町と話していると、時々あるのだ。

あ、今、何かごまかしたな、とか。わざと黙ったな、とか。そういう瞬間が。

その度に、難波は立入禁止線の存在を感じる。

そして——……ちぇ、と思う。

もう結構仲良くなった気がするのに、まだ駄目なのかと。

なんとなくだが、高槻は立入禁止線の向こうにも入れてもらっている気がする。二人の様子を見ていると、そんな感じがするのだ。でも、難波程度の付き合いでは、まだその線を越えることを許されない。

一体どれだけ仲良くなれたら、難波もその線の向こう側に入れてもらえるのだろう。

だって——深町は、時折ひどく寂しそうな目をするのだ。

キャンパスの中で馬鹿騒ぎする学生達を見るとき。じゃあ飲み会に行こうぜと参加者を募っているところに「あ、ごめん、俺パス」と伝えてくるときに。

まるで周りの奴らと自分を違うものだと思っているような、そしてそのことを心底悲しがっているような――そんな表情が深町の目の中をかすめる度、難波は、いいからお前もこっちに来いよと手を引っ張りたくなる。

立入禁止の線の内側に佇(たたず)んで出てこられない深町のことが、可哀想で。

深町の周りの立入禁止線。

それを形作っているのは、深町が抱えている秘密そのものなのだと思う。

そのとき、難波のスマホが震えた。

見ると、愛美からLINEが入っていた。バイトが終わったらしい。

「ヒロ、悪い。俺帰るわ。愛美を迎えに行かねえと」

「おーおー、マメな彼氏だなー」

「俺の彼女、あんまりにも可愛いもんだから、この前変なストーカーがついてさ。だから護衛が必要なんだよ。まあ、そのストーカー野郎は、さっき話した高槻先生と深町が捕まえてくれたんだけど」

「……やっぱその深町って奴、実は悪と戦う特殊戦隊の一人なんじゃね?」

「かもなー。――そんじゃヒロ、漫画頑張れよ」

あははと笑って、難波は立ち上がった。

玄関で靴を履こうとしていたときだった。

ヒロが、難波の背中に向かって声を投げてきた。

「──難波さあ。その深町って奴、あんまりかまいすぎない方がいいかもよ」

「ええ？　世界を破滅させる悪との戦いに巻き込まれるかもって？」

難波がまた笑いながら振り返ると、ヒロは液タブに向かったまま、真面目な顔で、

「言わないってことは、訊いてくれるなってことだろ。その辺勘違いすると、向こうから離れてくぞ」

「え……」

ヒロの言葉に、難波は思わず口をつぐんだ。

ヒロが顔を上げる。レンズのぶ厚い眼鏡越しに難波を見据え、

「そーゆーの、世を忍ぶ仮の姿がばれそうになったキャラのお約束だから。気をつけろ」

「お、おう。わかった」

難波はうなずき、ヒロのアパートを出た。

なぜだかヒロの言葉が胸に突き刺さったような気がしていた。


それから数日後のこと。

学食で深町とランチを食べていたら、深町のスマホにメールが入った。

「うわ、本当に予約取れたんだ」

深町が驚いたような顔でそう呟いたので、思わず難波が「なになに？」と尋ねると、
深町はスマホの画面をこちらに向けてきた。

「いや、高槻先生からの連絡なんだけど。難波、この店知ってる？」

見せられた画面には、真っ暗な夜空の下で照明に浮かび上がる白い建物の写真が表示されていた。まるで倉庫のような飾り気のない建物で、簡素な三角屋根の下に、小さく『Un Secret』という文字が見える。レストランのホームページらしい。

「え、なに、高槻先生とメシ食いに行くの？　えーいいなー、俺も行くー！」

難波が思わず声を上げると、深町は顔をしかめてみせ、

「無理言うなよ。ここ、すごく予約取りづらいらしいんだから。ていうか、一応調査だし。ここ、裏メニューに人魚の肉を使った料理があるって噂になってて」

高槻は、フィールドワークの一環として、実際に怪異の調査をしているという。深町はその助手として雇われていて、いつも調査に同行しているらしい。

しかし、人魚の肉を使った料理を出すレストランなんて、本当にあるのだろうか。

サイトの中をあれこれ見てみる。どうやらフランス料理の店のようだ。コースメニューしかないらしく、値段はそこそこ高い。調査の一環として行くということは、やはり高槻の奢りなのだろうか。滅茶苦茶羨ましいバイトだなと、難波は思う。高槻先生のところでなら、難波だってバイトしてみたい。

「つーかさ、この店、結構ちゃんとしたレストランっぽくない？　こういう店って、何着てけばいいのか悩むよなー」

安さと量が売りの学食のカツカレーを食べつつ、そう言ってみたら、「……え？」と

深町が難波を見た。アジフライを箸でつまんだまま、意表をつかれた顔をしている。

「いやほら、ドレスコードとかあったりするじゃん？……おい待て深町、何だその『全く想定してませんでした』な顔。固まるな、しっかりしろ」

「いや、マジで想定してなかった……そっか、ドレスコード……え、どうしよう」

深町が頭を抱える。この手の店に行ったことがないのかもしれない。

難波はレストランの説明を隅から隅まで読んでみた。ドレスコードについての言及はないが、スマートカジュアル辺りで行った方がいい気がする。ということは、ジャケットは必須だが、中は普通のニットでも大丈夫だろう。

ジャケットは持っているかと尋ねてみたら、深町はしばらく考えた末に、

「……………あ、入学式で着たやつならある」

「どんなの？」

「就活でも使えるようにっていう、黒スーツ」

「ねえな、それは」

「ないか、やっぱ」

深町がまた頭を抱える。

難波は、普段の深町の服装を頭の中で振り返ってみた。地味一直線という感じのパーカーやシンプルなニットばかりだった気がする。

「まあ、この先何があるかわかんねえんだし、とりあえず一着そういう服持っとけばい

いんじゃねえか？　潔く買いに行けって」

これを機会にお洒落に目覚めるのも悪くはないんじゃないかと思って、難波は軽い口調でそう勧めてみた。

が、深町は不安ばかりをその目に浮かべて呟く。

「……ど、どこに？」

「そこからかよお前！　もうちょっと服に興味持てよ！」

呆れて難波はそう叫んだ。この男は普段どれだけ服に興味がないのだろうか。

と、深町は、何やら決意を固めた顔で難波を見つめ、

「……難波」

「何だよ」

「助けてくれ」

切実な様子でそう乞われて、ええええ、と思わず難波は声を上げた。

「助けてって、俺に服選ぶの手伝えってこと？」

「だって、どこに買いに行けばいいのかもわかんないし……正直、何買えばいいのかもあんまりよくわからない」

「だからお前はもうちょっと服に興味持てよ」

「服なんて、何着たってそう変わんないだろ。中身がこれじゃさ」

そう言って、深町は己の地味顔を指差す。

その顔を気に入った女子もいただろうがと言いそうになったのをぐっとこらえ、難波はあとため息を吐いた。

「……んじゃさ、とりあえずジャケットとパンツ買おうぜ。俺がコーディネートしてやるから。靴は、入学式のときに履いたやつがあるよな？　渋谷でも新宿でも表参道でもいいけど、どこ行きたい？」

「渋谷は、ちょっと苦手かも……ていうか、人の多いところはあんまり得意じゃなくて」

深町が眉をひそめながら言う。

難波は少し考え、

「じゃ、午後の講義終わったら、とりあえず新宿行こう。新宿も人多いけど、渋谷よりましだろ。安い店だとユニクロとかZARAがあるし、ルミネの中のメンズもありだ」

よろしく、と深町が小さく頭を下げる。まかせておけと、難波はうなずいた。

午後の講義は、深町が三限まで、難波は四限までだったが、この際四限はサボることにした。後で友達にノートを借りればいい。講義よりも深町の買い物の方が大事だ。

何しろ、深町と買い物に行くのなんてこれが初めてだ。

ついにそこまで仲良くなれたかと思うと嬉しかったし、珍しく深町から頼られたのも、ちょっと気分が良かった。いつもは難波が深町に講義のノートを貸してくれと頼りまくっているので、たまにはこうして借りを返すのもいいと思う。

とりあえず駅に直結しているルミネの中を見て回ることにして、メンズファッションのフロアに向かう。ここである程度試着して、どういう系統の服が深町に似合うかをあらかじめ探ってから、安い店で似たような服を探すのもいいかもしれない。

適当な店に入り、早速難波はジャケットコーナーを物色し始めた。

「深町、どんなのにする？」

「え……と、とりあえず大人しめのやつ……」

深町がそんなことを言いながら、とりあえず色だけで選んだという感じで、黒のジャケットを手に取る。

難波は首を横に振り、

「黒のジャケットは、入学式で着たのがあるだろ。つーか、ジャケットの中に何合わせるかも問題だよなー。とりあえず適当なニットかシャツも選んで、一緒に試着させてもらおうぜ。そんで、上に合わせてパンツも選ぼう」

「う、うん……そうだな」

「あんまりペラペラの素材だと、安っぽく見えるよな。つーか、高槻先生と一緒に行くんだろ？　あの人、いつも高そうなスーツ着てるもんなー……ってことは、値段はともかく、そこそこちゃんとした雰囲気に見えるやつにしといた方が、並びがいいよな」

「うん……？」

深町の顔に「まかせた」と書いてある気がする。服のことはよくわからない、と言っていたが、本当にわからないらしい。

とはいえ難波も、自分の服ならともかく、他の男のために服を選んだことなどない。何着か着せてみて、傾向を見るしかないだろう。

難波は適当に数着選ぶと、深町を試着室に放り込んだ。

「深町、着た？」

「き、着た……」

「見せて」

試着室のカーテンを開ける。

中には何やら居心地の悪そうな顔をした深町がいた。一着目は、厚手の紺と緑のチェック柄のシャツに、かっちりした形のネイビーのジャケット。……似合わなかった。

「次。二着目いこう」

「うん……」

カーテンを閉める。ごそごそと深町が中で着替えている気配がする。

気配が止んだところで、また声をかける。

「着た？」

「着た」

カーテンを開ける。

二着目は、さっきとは少し形の違うダークグレーのジャケットに、明るめのグレーのタートル。一着目よりは似合っている気もしなくはないが、いまいちだった。

「次」

「うん」

カーテンを閉める。またごそごそと深町が着替える気配がする。

やがてその気配が収まり、困惑気味の声が中から聞こえた。

「難波。これはちょっと……」

「着た？」

「着た、けど……」

「よし」

カーテンを開ける。

三着目は、半ばネタのような気持ちで選んだやつだった。せっかくだからちょっと遊んでやろうと思ったのだ。深町が普段絶対着ないような、赤と黒のチェック柄のラフなジャケット。中は白のパーカーを合わせてみた。ちょっとアイドル風の、可愛い系のコーディネートを目指してみたつもりだった。

試着室の中には滅茶苦茶居心地の悪そうな顔をした深町がいて――しかし、意外なことにちょっと似合っている気がした。

難波は思わずぱちぱちとまばたきして、

「え、マジ？　結構いけてんじゃん」

「いや、この格好でフレンチレストランはないだろ。もっと真面目に選んでほしい……

って、おい！　何だよ急に！」

「ちょっと眼鏡取ってみ？」

「やっ、やだ！　何で!?」

「いいからいいから、ちょっくらおにーさんにまかせて？　前髪も上げてみよっか」

「おい、眼鏡返せって！　何すんだよ！」

嫌がる深町から眼鏡を奪い取り、長い前髪をぐいと上げる。

――誰、と一瞬思った。

詳しくは言うまい。

だが、黒縁眼鏡と前髪がいかに顔を隠すものなのか、思い知った気がした。

「難波！　おい、眼鏡返せって！」

深町の声で我に返り、難波は慌てて眼鏡を返した。ついでに前髪も直してやる。

「うん。深町にこの服はなしだ。とっとと着替えろ」

「当たり前だ、いくらなんでもラフすぎるって」

「つーか、深町のアイデンティティが完全消失するから駄目だ。眼鏡も必須だ」

「アイデンティティ？」

何言ってんだ、という顔の深町を試着室のカーテンの中にまた閉じ込め、ふうと難波は息を吐く。何かこう、見てはならないものを見たような気がしていた。

深町を評して「意外と顔綺麗」だの「可愛い」だの「かっこいい」だのと言っていた

女子達がいたことを思い出す。あのときは「恋すると相手を美化するよなー」くらいに思っていたのだが、案外彼女達は正しかったのかもしれない。

そこから幾つか店をはしごし——それが起きたのは、何軒目の店だっただろうか。

他の店では割と放っておいてもらえたのに、その店に限って、営業スマイルを浮かべた店員がすり寄ってきたのだ。

「ジャケットをお探しですか？」

そう言われて、「あ、はい、レストランで食事するのでスマートカジュアルを」と答えたら、「若いお客様でしたら、カーディガンコーデもありですよ」と言われた。

カーディガンなら、普段使いもしやすいかもしれない。そう思って、うなずいたのだが——店員が出してきたコーディネートは、明らかに深町向けではなかった。柄物の派手めなカーディガンは、おそらく難波の茶髪を見て決めたものだろう。応対していたのが難波だったので、難波用の服だと勘違いしたのだと思う。

「あ、俺じゃなくて、こいつのを探してるんですよ」

難波がそう言って、深町を店員の前に押し出した。

店員は深町を一瞥して、あ、という顔をした。

……そこで自分の勘違いを認めてくれる店員なら、よかったのだ。

しかし、この店員は、あくまでさっき選んだ服を押し通してきた。

「いえいえ、これは、こちらのお客様にもお似合いだと思いますよ！」

そう言って、店員はあらためてにっこりと笑い直し、深町の体にカーディガンとニットを押し当てようとした。

その途端、深町が耳を押さえて、顔を歪めた。

「深町？」

「あ……いや、何でもない」

深町がはっとしたように手を下ろし、小声でそう返す。

その間も、店員はセールストークを続けている。

「ほら、こちらのカーディガン、触ってみてください！　手触りもいいですし、着ると華やかな雰囲気になって、お客様にぴったりだと思いますよ！　ほら、サイズもお客様にぴったりで……ああ、これはですね、ちょっとオーバーサイズめに着るのが、お洒落な感じでして！　こちらのニットも、お客様の肌の色味に合ってるんじゃないですかねえ、絶対いいと思いますよ！　とってもお似合いです、はい！」

大げさな話し方が、ちょっとこちらを馬鹿にしている感じがして、気に障った。こいつ絶対そうは思ってないよな、というのが丸わかりだ。

が、それよりも、店員が何か言う度に、深町が辛そうに顔をしかめることの方が問題だった。何度も手を耳にやりかけ、しかし難波の視線を気にしたように、手を下ろす。

耳が痛いんだろうな、と思った。

でも、それを難波に気づかれたくないのか、隠そうとしているのだ。

「やっぱりねえ、今年は柄物が流行(はや)ってますし。このくらいの明るい服装がね、お客様のような若い人には特にいいんじゃないかと――」

「――あの、もういいです！」

延々続く店員の営業トークを遮って、難波は強い口調でそう言った。

店員が少し鼻白んだ顔をする。

かまうものかと、難波は店員を睨(にら)みつける。

だって、こいつのせいだ。この店員の何かが、深町の耳を痛ませている。

難波は、これ以上店員が口を開かないようにと、早口に言った。

「それ、要らないです。つーか、どう見ても似合わない服を無理に勧めるの、服屋の店員としてどうかと思いますよ。店長に抗議したいくらいだ」

「……店長は、私ですが」

「げげっ、そんじゃこの店では買わない方がいいってことっすね！　行こうぜ深町！」

難波はそう言って、ぐいと深町の腕を引っ張った。ずんずん歩いて店を出る。

そのまま店を出ても歩き続け、フロアの端の方にあるベンチに深町を座らせた。

深町は面食らった顔で難波を見上げ、

「……何もあんな言い方しなくても」

ぼそりと、そう言った。

難波はふんと鼻を鳴らし、

「あれは、あの店員の態度がなってない。グーグルの口コミで星一つをつけられてもおかしくねえって！」

「書くなよ、お前」

「書かねえけど！……でも、ちょっと腹立った」

「あのくらいで怒るなって」

深町が困ったような顔で笑う。

難波はその横に自分も腰を下ろし、

「つーか、ちょっと喉渇いたな。何か飲む？」

ベンチの横には、飲み物の自販機があった。

深町が立ち上がり、

「あ、じゃあ奢る」

そう言った。

「え、マジで？　やったー、ラッキー！」

「自販機の飲み物でそんな喜ぶか？　何飲むんだよ」

「えー、じゃあコーラ」

「はいはい」

深町が小銭を自販機に入れ、コーラのボタンを押す。がこん、と音を立てて落ちてきた缶をこちらに差し出すその顔は、クールを装ってはいるけれど、微妙に照れたような感じが漂っている。どうやらこのコーラは、お礼のつもりらしい。

自分用にブラックの缶コーヒーを買っている深町を眺めながら、難波は、さっきの深町の様子を思い返した。

店員が何か言う度、痛そうに、辛そうに、耳を押さえようとしていた。

……何だろう。深町は、店員の何に反応していたのだろう。

悪意だろうか。あの馬鹿にしたような態度は、確かに嫌な感じだった。

だとしたら——もしかして深町は、人の心が読めるのだろうか。

ヒロが言っていた、『能力者』という言葉が頭に浮かぶ。

すげえ、と思った。まさかこんな身近なところに超能力者がいるなんて。

でも深町は、それを周りの人間に知られたくないのだ。

隠さなければいけない決まりでもあるのかもしれない。もしかしたら家系的なものとかで、「人に知られるべからず」と家訓で定められているのかもしれない。

そのせいで地味キャラに徹しているのだとしたら、やっぱり可哀想だ。

「……深町」

ぐいとコーラを呷（あお）って、難波は口を開いた。

コーヒーを飲みながら、深町がこっちを見る。

難波はその顔に向かって言った。

「俺はさ。何があってもお前のこと友達だと思ってるからな」

「何言ってんだお前？」

大真面目に言ったつもりだったのに、ものすごく怪訝な顔をされた。

やっぱり心を読める能力者ではないのかもしれないな、と難波は思った。


それからまた何軒か店を回って、結局深町が買ったのは、濃いチャコールグレーのジャケットと、黒のパンツだった。試着の際、中に黒のシンプルなニットを合わせてみたら、そこそこかっこいい感じになったのだ。

「けどさー、ちょっと地味じゃねえか？」

「いいんだよ、地味な方が」

「でもさー、もう少しお洒落感っていうか遊びゴコロを……」

「遊びに行くんじゃなくて調査のためなんだし、調査で目立つわけにいかないだろ」

「それはそうだけど、でもどうせ高槻先生はどこ行ったって目立つじゃんか」

「だから、横にいる俺くらいはせめて地味にしとかないと駄目だろ。ていうか地味路線は守りたいんだ、自分のキャラ的に」

買った服の入った袋を手に提げ、深町はそう言った。……やっぱり自分で意識して地味にしてるんだな、と難波はそれを聞いて思った。

——人魚料理のレストランへの潜入調査がどうだったのかについては、その後あまり詳しい話は聞けなかった。

レストランへ行った次の日に深町に訊いてみたら、「料理は美味かったけど、人魚じゃなかった」としか答えなかったのだ。ちょっと複雑そうな顔をしていたので、何かあったのだとは思うが、難波には言えないらしい。

それから何日かして、また深町があのジャケットを着ていた日があった。

「またレストラン行くの？」と訊いたら、「うん」とうなずきはしたものの、やっぱりそれ以上話そうとはしなかった。

ただ、その次の日、品川にあるレストランで『不適切な食材』が扱われていた、というニュースが流れた。

何がどう不適切なのかについてはテレビでは言及がなかったのだが、一部の眉唾系ネットニュースでは、レストランが提供していたのは人肉だったという噂を扱っていた。

深町は何も言わなかった。

やっぱり深町は、悪の組織と戦う能力者なのかもしれなかった。

また深町のことを相談してみようかなと、難波はヒロにLINEしてみた。

『そういえば、この前描いてた漫画、どうなった？　また部屋行ってもいい？』

ヒロからはすぐに返信があって、

『担当さんが「面白い」って褒めてくれた！　好感触！　けど、連載枠取れたらしばらくネーム描き溜めなきゃいけないし。ごめん、しばらく忙しい』

そっか、それなら仕方ないな、と難波は思った。

頑張れ、という意味のスタンプを送ってみたが、そのスタンプには長いこと既読がつかなかった。

きっと忙しいんだろうなと思って、難波もそれ以上ヒロには連絡しないようにしたけれど——なんとなく、おかしいな、という気はしていた。

それからクリスマスが来て、冬休みが来て、怒濤のレポート地獄と魔の秋学期試験をなんとか生き延び、春休みになった。

難波は春休みの間に愛美とグアムに行って海で泳ぎ、深町は自動車学校に通いつつスキー旅行に行ったという。

そうして四月がやってきて、難波と深町は大学三年生になった。

専攻は二人とも、民俗学考古学。めでたく高槻ゼミへの入ゼミも果たした。

ヒロからの連絡はなかった。

ヒロが漫画の連載を始める気配も、なかった。

高槻ゼミで、難波はゼミ代表を務めることになった。

女子が大多数を占める高槻ゼミに、男は五人だけだった。難波と深町の他に、江藤、福本、池内。

どうせならこの五人でグループ研究をやらないかという話になり、皆で幽霊が出るというトンネルを見に行ったときのことだ。

江藤がユーチューバーよろしく動画を撮り始め、嘘八百な内容を滔々と喋り始めた途端――深町が、耳を押さえて顔をしかめた。

難波が江藤を叱りつけてやめさせると、深町はまた平気な様子に戻った。

そのとき難波は、あれ、と思った。

それまでは、深町は相手の悪意に反応して耳を押さえるのだと思っていた。

でも、さっきの江藤には、少なくとも悪意はなかったような気がした。

江藤はお調子者だが、別に悪い奴ではない。ユーチューバーの真似をしたのも、その方が面白くなると思ってやっただけだろう。

それなら、どうして深町は耳を押さえたのか。

――もしかして、と難波は思った。

もしかして深町が反応しているのは、人の悪意などではなくて。

ただ単に――相手の言葉に含まれる嘘に反応しているだけなのではないだろうか。

今まで深町が耳を押さえていたときのことを、頭の中で振り返ってみる。教室で。居酒屋で。学食で。どのときも、近くで誰かが嘘を言ってはいなかっただろうか。いつぞやの服屋の店長の営業トークだって、嘘にまみれていた。

難波は、深町の方を振り返った。

深町はトンネルの中で、難波がふざけてかぶせたパーカーのフードをまだ頭にかぶったまま、誰かと電話で話している。

もし難波の考えが正解なら、それは大変なことだ。

だって、人間なんて、悪意の有り無しにかかわらず、いくらでも嘘をつくのだ。いちいちそんなものに反応して痛い思いをしているのだとしたら、深町があまり人と関わろうとしないのも、よく耳にイヤホンを入れて音楽を聴いているのも、全て納得がいく。誰かが嘘を言う声を、極力耳に入れたくないのだろう。

そうか、これが深町の秘密だったのかと、難波は少し興奮しながら思った。

やっと深町尚哉という人間のことが理解できた気がした。

とはいえ、これが正解とは限らない。まだ、深町本人に確かめたわけではない。

いつか機会を見て確かめてみよう。

難波はそう思い――そして、その機会は、半月ほど後にやってきた。

昼休みに学食に行ったら、一人でランチを食べている深町を見つけたのだ。

向かいに座って、しばらくどうでもいい話をしていたら、そのうちに深町が、ふと難波の顔を見つめて、「その顎どうした？」と訊いてきた。

前の日の晩に階段でコケてぶつけたところが青痣(あざ)になっているのは、自分でもわかっていた。

でも、それをそのまま伝えるのもかっこ悪い気がして、つい難波は、

「いや実はさー、昨夜愛美とちょっと喧嘩して、なーんて嘘嘘！　階段でコケて打っただけ……なん、だけど、さ……」

そして難波は、深町が辛そうに眉をひそめて耳を押さえるのを目の当たりにした。

しまった、と思った。

うっかりしていた。

深町の前で、つい嘘をついてしまった。

しかも——それだけではなく。

「な、何だよ？　難波」

思わずまじまじと深町を見つめてしまった難波の視線が、深町の目とまともにぶつかった。深町がびくりとして、頰を強張らせる。

ああ気づかれた、と難波は思う。

難波が気づいたことに、深町が気づいてしまった。

——訊くなら今しかない。

そう思った。

「いやー……あの、えっとさ」

難波は唐揚げをつまんでいた箸を下ろし、少し口ごもった。

しばらく視線をさ迷わせた末に、トレーに箸を置き、

「あのさ、深町。間違ってたらごめんなんだけど」

「何だよ、あらたまって」

「前から気になってたんだけど、深町って」

真正面から深町を見て尋ねる。

「もしかして深町ってさ。——誰かが嘘言ったら、耳が痛くなったりとかするの？」

すうっと、深町の顔が青ざめた。

その顔を見た瞬間、難波は、自分が深町の周りに引かれた立入禁止線を思いきり踏みつけてしまったことを悟った。

深町がうつむく。硬直したその頬を見ながら、難波は聞こえるわけのない警報音を己の中で聞く。反射的にごめんと謝りかけ、けれどその言葉は難波の喉に中途半端に引っかかって止まった。深町が箸を置く。関係者以外立入禁止。侵入者は即刻退去せよ。そんな警告と共に自分と深町の間にシャッターが下りてくるのを、難波は幻視する。

……なあ、どうして、と難波は胸の中で呟く。

自分達はもう随分仲良くなったはずじゃなかったのか。一緒に服だって買いに行った。

それなのに——まだ、駄目なのか。

自分は、まだこの線の中には入れてもらえないのか。

まだ食べかけのAランチが載ったトレーを持ち上げ、深町が無言で席を立った。難波が呼び止めても、振り返らなかった。食器の返却台にトレーを置き、学食を出て行ってしまう。難波はそれを追いかけることもできずに、椅子に座ったまま茫然とする。

――言わないってことは、訊いてくれるなってことだろ。

ふいに、耳の奥でそんな声がよみがえる。

いつだったかの、ヒロの声だ。

――その辺勘違いすると、向こうから離れてくぞ。

ヒロはあのとき、そう言った。

その言葉の通りになってしまったのだと思った。

気づいたときには、難波はヒロのアパートの前まで来ていた。

自分でも、どうしてここに来てしまったのかよくわかっていなかった。

ヒロなら、もしかしたらどうすればいいか教えてくれるんじゃないか。そう思ったからだろうか。だってヒロは漫画を描いていて、色んなキャラクターの心の中をよくわかっているはずの奴だから。世を忍ぶ仮の姿を持つキャラのことだって、よく知ってそうだったから。

でも、そういえばヒロとももう何ヶ月も会っていない。言葉を交わしてすらいない。

ヒロの部屋の扉の前に立ち、難波は少し怖気(おじけ)づいた。

そもそも会いに行っていいかと尋ねもせずにここまで来た。さすがに迷惑なんじゃないだろうか。ヒロが部屋にいるかどうかもわからない。

しばらく悩んだ末に、それでも難波はヒロの部屋のインターホンを押した。

ぴんぽーん、という音が、薄っぺらな扉越しに聞こえてくる。

だが、扉が開く気配はない。

やっぱり帰ろうか、と難波が思いかけたときだった。

部屋の中で、物音がした。

鍵を開ける音が響く。

がちゃり、と扉が開き——ヒロが、顔を覗かせた。相変わらずの瓶底眼鏡。根本がだいぶ黒くなった、色の抜けかけたオレンジの髪。

「……難波じゃん」

ひさしぶりに見たヒロは、少し顔色が悪かった。

難波はヒロの顔を見た途端になぜだか狼狽え、けれどそれを隠して笑った。

「ごめん、来ちゃった」

『来ちゃった』じゃねーよ、彼女かお前は。……まあいいや、入れば？」

ヒロが扉を大きく開き、難波を招き入れる。

お邪魔しまーす、と言いながら、難波は靴を脱いでヒロの部屋に上がり込む。

ヒロの部屋の中は、数ヶ月前よりもさらに漫画が増えていた。床に積まれた漫画本の山が高くなっている。ベッドの上にもほぼほぼ山積みになっていて、どうやって寝ているのかますます心配になった。

数ヶ月前と同じように、ヒロはちゃぶ台に置いた液タブの前に座った。周りにはキャラクターやメモを書きつけた紙が散らばっていた。

数ヶ月前と同じように、難波はその向かい側に座った。

意味もなくきょろきょろしている難波に、ヒロが液タブに向かいながら言う。

「……で？　どした、今日は」

「あー、うん、えっと……」

難波は言い淀み、ぐしゃぐしゃと前髪をかき上げ、へらりと情けない笑みを浮かべる。

例の地味メガネくんのことなんだけど、と口にするだけの勇気が、なかなか出なかった。それは、取りも直さず、自分が傷つけたかもしれない相手の話だからだ。

だから難波は、つい別の話題に逃げた。

「あの、ほら、えっと……最近ヒロと会ってなかったじゃん？　どうしてるかなって、思って……あ、そう、漫画どうなった？　連載枠取れたって、確か――」

ぼんやりした笑みを浮かべたまま、難波がそう言った瞬間だった。

どがん、という音がした。

ヒロがちゃぶ台を拳で叩いた音だった。

すごく痛そうな音だった。

難波は心の底まで竦み上がり、声もなくヒロを見つめる。

ああ、自分は今ヒロのことも傷つけた。

そうわかっていた。

ちゃぶ台に叩きつけた拳をかすかに震わせながら、ヒロはうつむいている。その姿から、難波は悟る。ヒロとここ数ヶ月連絡が取れていなかった理由を。

連載枠など取れていなかったのだ。

ヒロはまだ漫画家の卵のまま、孵化できていない。

「……あのさあ」

ヒロがうつむいたまま、口を開く。唇が震えている。肩で息をしている。

無理矢理に喉の奥から言葉を引きずり出すようにして、ヒロは言う。

「俺、前に言ったよな。言わないってことは、訊いてくれるなってことだって。……何でお前、こっちが触れてほしくないことに、平気で触れてくんの？」

血を吐くようなその言葉に胸をえぐられ、難波は身動きもできない。

ヒロは、難波ではなくちゃぶ台の上の液タブを親の仇でも見るような目で睨みながら、言葉を続ける。

「漫画、描いてるよ。連載決まってたら、真っ先にお前に言ってるよ。決まってないから、連絡できなかったんだよ。でも、まだ漫画描いてるんだよ俺。二日後にまたネーム見てもらうことになってるんだよ。悪いかよ。なあ……――悪いかよっ！」

いきなり怒鳴りつけられて、難波は無言で首を横に振る。

ヒロが今度こそ目を上げて、難波を睨みつけた。

「何か言えよ。じゃなかったら、お前ここに何しに来た」

「ヒ、ヒロ、ごめん……」

たどたどしく、難波は言う。

がん、とヒロはまたちゃぶ台を叩く。ちゃぶ台の隅に載っていた使用済みのマグカップが、ごろりと床に転げ落ちる。

ヒロの拳を見て、難波はぎょっとした。

痣だらけになって、血が滲んでいたのだ。

おそらくヒロは、もう何度も同じように一人でちゃぶ台を殴り続けていたのだ。

またヒロが拳を振り上げる。

難波は思わずその拳に飛びつき、両手で押さえた。

ぶ厚いレンズの下から、ものすごい目でヒロが難波を睨んだ。

「……っにすんだよ、放せよ!」

「やだ」

難波は首を横に振って、ヒロの拳を抱え込む。だってこれは、怪我をしてはいけない手だ。決して痛めてはいけない手なのだ。

これは、漫画を描くための手なのだから。

そうか、自分はこんな状態のヒロをずっと放っておいたんだなと思う。

友達のつもりだったのに、何もわかっていなかった。

勝手にわかった気になって、平気で相手の地雷を踏み抜いた。

深町のこともそうだ。何か秘密を抱えているのなら、その秘密を難波がわかってやればいいと思っていた。難波に対してだけでも秘密がなくなれば、深町はちょっとは楽になれるんじゃないかと、勝手にそう考えていた。

深町は、そもそも知られるのを嫌がっていたというのに。

本当に自分は何もわかっていない。

ヒロが拳を引こうとする。両手でその拳をつかんだまま、ごめん、と難波はまた呟く。

何が友達だ。

自分は最低だ。そう思った。

ヒロの拳を放し、もう「漫画頑張れよ」と声をかけることすらできずに、難波はヒロのアパートを後にした。

帰り道で、難波は深町にＬＩＮＥを打った。さっきはごめん、でも話がしたい、そう伝えた。

既読にはなったが、返事は来なかった。

その代わりのように愛美から連絡が来たが、「今日はちょっと会えない」と返した。

こんな情けない顔、愛美に見せられなかった。

それから数日の間、難波はなんとか謝ろうと、大学内で深町を捜した。

何しろ講義は幾つもかぶっているのだ。会う機会などいくらでもあるはずだった。

けれど深町は、巧妙に難波を避けて回った。講義開始ぎりぎりに教室にやってきて、ひっそりと一番後ろの席に座り、講義が終わると同時に風のごとく立ち去った。難波は、謝る機会すら与えてもらえないようだった。

そうこうするうちにゴールデンウィークが始まって、大学は休みになった。

連休中は、愛美やサークルの連中と遊ぶ約束をしていた。

難波は、彼らの前では極力普段通りに振舞った。せめて彼らには心配をかけまいと、頑張った。

でも——愛美にだけは、やっぱりばれた。

「……何かあったの？」

二人きりになってから、優しくそう尋ねられて、難波はうっかり泣きそうになった。

世界一可愛い難波の彼女は、唇を噛んで黙り込んだ難波をしばらく見つめた後、その場に座って、ぽんぽんと自分の膝を叩いた。

彼女の膝枕ですすり泣くのだけはやめようと我慢して、ひたすらにむっつりと黙り込む難波の頭を、愛美はいつまでも優しくなでてくれていた。

愛美がいてくれてよかったと、難波は思った。

ゴールデンウィーク明け、難波は思いきり寝坊した。

しまった、と思ったときにはもう講義は半分ほど終わっている時刻で、今から支度をして大学に向かっても間に合わないことはわかっていた。

それでも一応大学に向かったのは、深町に会えるかなと思ったからだ。

キャンパスの中庭に足を踏み入れたときだった。

難波のスマホが震えた。画面を見ると、LINEが入っていた。

ヒロからだった。

思わず声が出そうになった。震える指でプッシュ通知をタップし、パスワードを打ち込んで画面を開く。メッセージは、ただひと言、

『掲載決まった』

そう書いてあった。

「……っしゃあ！」

今度こそ本当に声を出し、その場で拳を高く突き上げた難波を、周りにいる学生達が何事かという目で振り返る。難波は気にせず、メッセージを打ち込む。スタンプはなしで、文字だけ。

『やった！』

たった一言、そう送った。

そうしたら、すぐに電話がかかってきた。ヒロからだった。

ワンコールも鳴らないうちに、難波はその電話に出た。

「もしもし⁉」

『……俺だけど』

　ヒロが電話の向こうで言う。

　難波はそれ以上ヒロが喋(しゃべ)るよりも先に、大声で怒鳴る。

「おめでとう！」

『……うるせえよ。耳元で大声出すな』

「あ、ごめん。えっと、じゃあ……おめでとー……」

　難波が小声で囁(ささや)くように言うと、ヒロが電話の向こうで笑ったのがわかった。

『掲載決まったっていっても、まだ短編だからな。連載じゃない』

「うん。でも、すげえよ。この前描いてたやつ、ちゃんと間に合ったんだ？」

『ああ。……今度は本当に、褒められた』

「そっか」

『俺、何で親に言うより先に難波に伝えてんのかな。順番間違えてるよな』

「たぶんな。でも、嬉(うれ)しい」

『……俺、賞獲(と)ったときも、一番に難波に伝えたんだからな』

「え、そうだったんだ？」

『高校のとき、将来お前は絶対漫画家になるって難波が言ったから……だから俺、投稿しようって気になってさあ』

「……ヒロ、もしかして泣いてる？」

泣いてない、と電話の向こうでヒロが涙声で言う。

泣きたいのはこっちだよ、と難波は思う。

中庭を歩きながら、難波はちょっと洟を啜る。

「後で家行ってもいい？　ビール持ってく。祝杯」

『いいけど、俺これから漫画描くんだけど』

「いつも描いてんじゃんか。俺も手伝うから教えてよ。アシスタントいるだろ？」

『そんな大したもん雇える身分じゃねーよ』

「だから俺が手伝うっつってんの。ちなみに俺、美術の成績2だったけど」

『やめろ！　頼むからお前は何もするな！』

「教えてもらえれば、ベタくらいやれるってー……」

そのとき、難波の目に、向こうの方にあるベンチが映った。

そこに、深町がいた。

「あっ」

思わずまた声が出た。電話の向こうでヒロが、どうしたと尋ねる。

「ごめんヒロ、ちょっと緊急事態なんだ！　とにかく、後で家行くから！」

それだけ言って、難波は通話を切った。スマホをしまい、ベンチの方に駆け出す。

ヒロには許してもらえた。

深町は許してくれるだろうか。

やってみなければわからない。それなら、やるしかないと思った。

けれど、ベンチが近づくにつれて、深町の様子がおかしいことに気づいた。

深町は一人ではなかった。

葬式帰りのような黒いスーツ姿のおじさんと、何事か話している。あんなおじさん、見たことがなかった。この大学の教員ではないと思う。

深町はまるでおじさんから離れようとするかのように、ベンチの端に寄っていた。ひどく怯(おび)えた表情で、助けを求めるように周りを見回している。何だろう。押し売りだろうか、マルチだろうか。

俺の友達に何してやがる。そう思った。

「あー！　深町、こんなとこで何してんだよ、捜したじゃねえかー！」

難波は思わずそう声を上げた。

深町がはっとして、こっちを見る。

難波はベンチに駆け寄ると、有無を言わせず深町の両肩をつかんで、よいしょっと引っ張り起こすようにして立たせた。

「ったくもーさー、ほらあの、アレの件で！　アレがアレした話をする約束してただろ俺達！　もー行こうぜ早くー！」

深町は脚に力が入っていないみたいで、難波に肩をつかまれたまま少しよろけた。難波は深町の肩をつかむ手に力を込め、おじさんの方を見た。

近くでまじまじ見ても、やっぱり何者かわからなかった。スーツ姿ということは、近くの会社の人だろうか。痩せていて、髪には白髪が交じっているけれど、そんなに皺はない。年を取っているようにも見えるし、まだ若いようにも見える。

おじさんはにこにこと穏やかに笑いながら、難波を見返した。

その瞬間、難波はひやりと背筋に冷たいものを感じた。

どうしてだろう。笑っているのに、本当はこの人は一ミリも笑ってなんていないんじゃないかという気がする。それが妙に怖くて、難波は深町をさらに自分の方に引き寄せると、早口に言った。

「つーわけでおじさん、俺のダチ連れてきまーす、どーもすいまっせーん！」

そして、深町の肩から腕に手を移し、そのままぐいぐい引っ張る。一刻も早く、あのおじさんから離れなければと思った。あれは怖い人だ。よくわからないけど、怖い人だ。ヤクザかもしれない。少なくとも、カタギの人間には見えない。

大学生協の建物の横まで逃げて、難波はベンチの方を振り返った。あのおじさんが追いかけてくる気配はない。ようやく難波は深町の腕を放し、

「さっきのおじさん誰」

とりあえず、何よりも先にそれを訊いた。

万が一、深町の関係者だったりしたら、勝手に深町を連れていったことを怒られるか

と思ったのだ。

が、深町はなぜだかひどくぽかんとした顔で難波を見て、

「……難波。お前、さっきの講義は」

そんな、全然違うことを訊いてきた。

「あー、寝坊した！　後でノート貸して」

難波が言うと、深町は「それはいいけど」とかなんとかごにょごにょ呟いた。

それから深町は、こう言った。

「とりあえず、礼を言う。ありがと」

「あー、やっぱあのおじさん、怖い人？」

深町をあの場から連れ出した難波の判断は、間違っていなかったらしい。難波はほっとした。

それから深町は、なんだか覚悟を決めたような顔で難波を見ると、また口を開いた。

「……難波」

「うん。何」

「この前の話なんだけど」

「この前って？」

「だから。……学食で」

「学食？……あ、あー！　アレね！　お前がＬＩＮＥ既読スルーかました案件な！」

難波はぽんと手を叩いて言う。あのおじさんのインパクトが強すぎて、一瞬何のことかわからなかった。

「で、その話が何」

「えっと……その、だから」

言葉を喉の奥につっかえさせながら、深町はぎこちなく口を開く。

それを見ながら、にわかに難波は緊張し出す。もしかして自分は、深町に罵倒されるのではないだろうか。二度と自分には関わるなと、そう言い渡されるのではないのか。

さっきのおじさん騒動のどさくさにまぎれて前みたいに会話しているけれど、本当は深町はもう難波などとは話したくないはずだ。

けれど、深町は。

「あのとき難波が言ってたことだけど。……俺の耳のこと。あのとき、逃げてごめん。LINEも無視して悪かった。……知られるの、怖かった」

本当に申し訳なさそうな顔で、ぼそぼそとそう言った。

そして、深町は——難波に向かって、話してくれた。

誰かが嘘を言うと声が歪んで聞こえて、それが気持ち悪いのだと。

聞きながら、おいおいマジかと難波は思う。

その話は俺が聞いていいことなのかと。

だってそれは、深町尚哉最大の秘密のはずだ。誰も触れてはならぬことだったはず。

思わず難波は、己の足元に目を向けた。生協横のすり減ったアスファルトの上に、見えない線を探してしまう。深町が常に己の周りに引いている立入禁止線。

自分は今──その内側に立っていると思って、いいのだろうか。

秘密を明かしてもらえるくらいの仲の友達になれたと、そう思ってもいいのだろうか。

「──マジで⁉ やっぱそうだよな⁉」

難波が思わずそう叫ぶと、深町はびっくりしたように難波を見た。

難波は本気でほっと胸をなで下ろし、

「いやー焦ったわー、俺、お前に怒られるのかと思った。何言ってんだとか、もうお前とは縁切るわとか、人の秘密にずかずか土足で踏み込んでくんじゃねえとか──なんかこう、罵倒されるかと思った」

「……いや、罵倒はしないけど。え？」

「え？ って、え？」

なぜかひどくきょとんとした顔をしている深町を、難波もきょとんとして見返す。どうしたのだろうか。

すると深町は、なんだかひどく不器用な口調で、こう尋ねてきた。

「俺のこと……気持ち悪くないの？」

それでやっと難波は、深町が今までずっと何に怯えていたのかに気づいた。

ああこいつは、秘密を知られて周りに嫌われるのが怖かったのだなと。

そんなことがあるわけがないのに。少なくとも難波は、そんなの気にしない。

「何言ってんだよ！　すげえじゃん！」

難波がそう言ったら、深町はどっと力の抜けた顔をして、その場に座り込んだ。

「え、何、深町どしたの⁉　だいじょぶ？」

「だいじょぶじゃない……」

「えっ、マジか。どうしよう」

難波はおろおろしながら深町を見下ろす。

深町はしゃがみ込んだまま両手で顔を覆った。

その顔を覗き込み、マジか、と難波は思った。

どうやら深町は泣いているらしい。

「なあ深町、大丈夫？……おーい、泣くなよー、深町」

「……泣いてない」

膝頭におでこを押しつけるようにして、深町が言う。嘘を聞くと嫌な気分になると言うくせに自分は嘘つくんだなと、難波は思う。だってこれは、明らかに泣いている。

深町の前に同じようにしゃがみ込んで、泣くなよ、とまた難波は言う。

泣いてない、と深町は繰り返す。この嘘つきめ、と難波は思う。

……泣きたいのはこっちだよ、とまた思った。

第五章　それはまるで祈りのように

佐々倉健司が高槻彰良から呼び出しを食らったのは、十二月半ばのことだった。

そのとき健司は、居酒屋で同じ班の刑事達と一緒に夕飯を食べていた。

ちょうど一つ事件が片付いたところで、お疲れ様会を兼ねていた。皆で気持ちよく酒を飲み交わし、鍋をつついて、そろそろ〆の雑炊に入ろうとしていた頃、健司のスマホが震えた。

画面を見ると、彰良からの電話だった。

そろそろ三十年近い付き合いになるこの幼馴染は、美味い酒が手に入っただの、用があるから車を出してほしいだのと、普段から気軽に連絡してくる。今回もどうせそんな話だろうなと思いつつ、健司はスマホを持って廊下に出た。

「俺だ。どうした？」

そう言って健司が電話に出た途端、すぐ近くの個室の中で、どわっと賑やかすぎる笑い声が複数上がった。だいぶ出来上がった酔っ払いがいるらしい。

その喧騒を避けて廊下の奥へと歩き出しながら、健司はふと違和感を覚えた。

いつもならすぐに一方的に話し出すはずの彰良が、電話の向こうで沈黙している。

「彰良？　どうかしたのか」

『……あ、ううん、急に電話してごめんね』

彰良が口を開いた。

声も話し方も普段とそう変わらない。体調を崩したとか、事件に巻き込まれたといったSOSの電話ではなさそうだ。――が、何かがいつもと違う気がする。健司は少し眉をひそめて、電話の向こうに耳を澄ませた。

『もう仕事は終わってるみたいだね。今、食事中？　賑やかだね』

「飲み屋にいるからな」

『じゃあ、食べ終わってからでいいんだけど、うちまで来られる？』

「別にかまわねえが……」

『そう、ありがとう』

穏やかな口調で、彰良が言う。

やはり何かがおかしい。が、なかなかその違和感の正体がつかめなくて、健司はますます眉をひそめながら、理由を探る。自分は一体何に引っかかっているのか。

……そうだ、用件を言われていないのだ。

彰良は、自分の希望はいつも率直に伝えてくる。ここに行きたい、これがしたい、こういう用事がある、相手の都合を確かめた後には必ずそういった言葉が続く。だが、今日はそれがない。

『それじゃあ、また後で――』

「――待て、彰良。何があった？」

早々に電話を切ろうとする彰良を引き止めるように、健司は声をかぶせて尋ねた。

電話の向こうの彰良が口をつぐむ。

らしくない緊張をそこに読み取って、健司は軽く舌打ちした。

これは間違いなく、何かがあったのだ。

『とにかく、うちに来てほしい。そっちが済んでからでいい、別に何時になってもかまわないから』

彰良が一方的にそう言って、通話を切った。

健司は沈黙したスマホを鷲掴(わしづか)みにしたまま、もう一度舌打ちした。

スマホをしまい、元いた部屋に取って返す。

〆の雑炊を取り分けていた鍋奉行の先輩刑事は、健司の顔を一目見るなり、

「どうした。顔怖えぞ」

「……いつものことです。放っておいてください」

健司はそう返して、壁に掛けてあった自分のコートを手に取った。

「何だ、帰んのか？」

「すみません。ちょっと急用で」

「わかった。じゃあ、会計は明日な」

こういうときに無駄な詮索をしない同僚達がありがたい。

だが、あの幼馴染の様子がおかしいときは、早めに見に行くのが吉なのだ。長年の付き合いで、健司はそう学んできた。

……これだから、各方面から過保護だと言われるんだろうなと思いつつ、健司は店を後にして、彰良のマンションに向かった。


「——いらっしゃい、早かったねえ。ごめん、もしかして気を遣わせちゃったかな？」

予想に反して、玄関まで健司を出迎えた彰良の様子に、特段おかしな点はなかった。顔色も普通だし、予想より早く到着した健司に少し目を丸くする様も普段通りだ。先程電話越しに感じた緊張も、もはや感じられない。

「ごはんは食べたんだよね？　お酒どうする？　健司の好きなワインあるけど」

「ああ、もらう」

「おつまみはチーズくらいしかないけど、お腹足りてるなら別にいいよね？　じゃあ、そっち座ってて」

彰良がリビングのソファを指差す。

コートを脱ぎながら、健司はあらためて部屋の中を見回した。部屋の様子にも、特に気になる点はない。いつも通りに本棚だらけで、いつも通りに整理整頓されている。

だが、何度振り返ってみても、先程の電話で覚えた違和感は気のせいではないと思う。何かあるのだ。健司の刑事としての勘がそう告げている。……これで実は「ものすごく怖いホラー映画を借りたから一緒に観よう」とかだったら絞め落としてやろうと心に決め、つまみの載った皿とワインを運んでくる彰良を睨み据える。

赤ワインがボトルからグラスに注がれ、形だけ乾杯した。

彰良はひと口ワインを飲むと、にっこりと笑い、

「実は、健司に訊きたいことがあるんだ。——林原さんって人、知ってる？」

いきなり爆弾を落としてきた。

健司は危うく噴き出しかけたワインをぎりぎり飲み下し、

「……どこの林原だ？」

「この人なんだけど」

彰良はそう言って、手品のように一枚の名刺を取り出し、健司の前に置く。

名刺には、「フリーライター　林原夏樹」と書かれていた。

あの野郎よりにもよって偽物の名刺出しやがって、と内心で苦虫を百匹くらい嚙み潰しつつ、健司はまだ平静を装って言う。

「フリーライターに知り合いはいねえな」

「それがねえ、この肩書は嘘八百で、本当は刑事さんだったんだよねえ、この人。——健司、ネタは挙がってるんだ。素直に白状しなよ。この人のこと、知ってるよね？」

彰良は実ににこやかに笑いながら、あらためて名刺を指で挟み、健司の方に向ける。よく整ったその顔は、小さい頃は笑うだけでまるで天使のようだった。三十半ばになった今でも、見る者によってはお世辞抜きでそう形容するだろう。

だが、今この瞬間だけは、それは健司を追い詰めるためのものでしかない。

彰良が畳みかける。

「この人ねえ、健司のことよく知ってるみたいだった。昔は先輩後輩みたいな関係だったって言ってたかな。健司に結構可愛がられてたって。ああそうそう、健司の胃の心配もしてたよ、優しい後輩だねえ？」

「……あいつに胃を心配される筋合いはねえな」

「僕の不用意な行動が、健司の胃を痛めてるんじゃないかって言われてね」

「自覚があるなら、お前はもう少し自重しろ」

「知的好奇心が抑えられないんだ。何しろ、学者なものでね」

林原の名刺を自分と健司の中間地点に置き直し、彰良は気取った仕草でワイングラスを掲げてみせる。

それから、あらためてにっこりと笑い直して、彰良は言った。

「さて、それでは学者らしく、事実とそこから導き出された推論について話そうか。勿論聞いてくれるよね？　健司」

どれだけにこにこしていようとも、彰良が頑なに健司のことを「健ちゃん」ではなく

「健司」と呼び続けるときは、大抵怒っている。

健司は今すぐ帰りたい気分になりつつ、つまみのチーズに手をのばす。

彰良は、遠慮なく食えと言わんばかりに皿ごとチーズをこちらに押しやり、

「林原さんとは、品川(しながわ)の湾岸エリアにあるフランス料理の店で会った。健司も知ってると思うけど、昨夜取り締まりがあったレストランだ。——一部の客に人肉を提供していたという、あの店だよ」

「お前、まさかあそこにいたのかよ⁉」

「深町くんと一緒に調査に行っていたんだよ。人魚の肉を料理して出すという噂があったものだから」

「深町まで……」

健司は軽く天を仰ぎたくなる。

そのレストランの件は、担当ではなかったが、一応健司も把握している。店側の人間はまとめてしょっぴかれ、当時店の中にいた客も、残らず事情聴取の対象となったはずだ。結局、店が人肉を提供していたのはごく限られた客のみで、一般の客はただのフレンチレストランと思って来ていたと聞いている。

「じゃあ、お前らも事情聴取受けたのか？」

「いや、僕達は、警察が来る前に林原さんに逃がしてもらった。僕と、深町くんと、そして沙絵(さえ)さんはね」

「沙絵……江の島で会った、海野沙絵か？　あの女までいたのか」

「沙絵さんは、僕達が調べに行くよりも先に、単独であのレストランの潜入調査をしていたんだよ。そして、林原さんもまた、同じ噂を聞きつけて調べに来ていた刑事さんだった。――さて、ここで当然のように疑問が発生する。なぜ林原さんは、最初から刑事だと名乗らなかったのだろうね？　わざわざフリーライターなどという偽の肩書を名乗ったのは何故だったのか」

　唇に笑みを浮かべたまま、彰良はまるで講義でもするかのような口調で言う。

「これはおそらく、『人魚の肉を出すレストラン』なんていう荒唐無稽な噂では、通常、警察は動かないからだろうね。では、なぜ林原さんはレストランの捜査をしていたのか？　僕達と最初に接触した時点では、彼はあの店が出していた特別料理の正体を知らなかった。あくまで『人魚料理の店』という噂を根拠に調べに来ていたんだよ。ここで成り立つ推論は、『林原刑事が担当する事件は、人魚等の超常的なものがからむものである』というものだ」

「……それこそ荒唐無稽な話だな」

　健司はそう呟き、チーズを口に入れた。そこそこ良いもののはずだが、気分的にもはや何の味もしない。間を持たせるためだけに、健司は口の中のものを咀嚼する。

「そうだね。僕だって、普段ならこんな乱暴な説にいきなり飛びついたりはしないよ」

　彰良は手の中のグラスを軽く揺らしながら、一旦は健司の意見を肯定する。

が、それから彰良は少し首をかしげるようにして健司を見て、

「でも、この説を十分に補強する材料があるんだ。——林原さんは、沙絵さんとお互い顔見知りみたいだった。そして、彼女の正体も知っていた」

「正体？」

「沙絵さんは八百比丘尼だ。人魚の肉を食べ、老いることも死ぬこともなくなった女性だよ」

「……そんなもの」

「実在するわけがないって？　ところが僕は、彼女の傷がみるみるふさがるのを、この目で見た。あれはトリックなんかではなかったよ」

きっぱりと、彰良がそう言い切る。

その焦げ茶色の瞳の中には、静かな熱情のようなものが渦巻いている。

……ああ、と健司は震えそうになりながら思う。

ああ、こいつはこうやって『本物』を引き当てていく。

健司の手ではどうしようもない『本物の怪異』というものに、着々と近づいていく。

彰良が言う。

「ねえ。健司は……知っていたんでしょう？」

それはいつも通りの柔らかな声だったが、語尾がかすかにかすれていた。

己の内側で激しく荒れる感情を無理矢理に抑えつけていることがわかる声だった。

「林原さんのような刑事が警察の中にいることを、健司は知っていたんだよね。……警察が、本物の怪異を前提とした事件を扱っていることを」

「……彰良」

「どうして今まで、僕にそれを教えてくれなかったの？　何でずっと――隠してたの」

「彰良。それは」

健司は言いかけて、こちらを食い入るように見つめる彰良とまともに目を合わせてしまい、一度唇を閉じた。

もうどんなごまかしも通用しないことが、わかってしまったからだ。

その証拠に、今の彰良の顔には、もう笑みさえ浮かんでいない。

彰良がなぜ民俗学などという学問を選び、調査と称して自ら危険に飛び込んでいくのか――その理由を、健司は知っている。

十二歳のときの神隠し事件。

己の身に降りかかったあの出来事の真相を、どうしても知りたいからだ。まるで物語のように語られる不思議な事件を解き明かしていけば、いつか自分の事件と類似の事例にたどり着くかもしれない。そう思っているからだ。

林原が所属する異捜――異質事件捜査係は、人ならざるものが関与する事件を専門に扱っている。

もしも彰良をさらったのが何らかの怪異であるならば。人魚のように、超常的な何かであったのならば。

異捜は、あの事件について何かつかんでいるかもしれない。

彰良が今そう考えているのだということはわかる。健司だって、その可能性はとっくに考えたのだ。異捜の存在を知ったのは本庁に配属されてからのことだが、可能な限り手を尽くして調べてはみた。

だが、わからなかったのだ。

異捜が関与した事件の記録は、ごく一部の者しか見られない。彰良の失踪事件が異捜案件だったのかどうかすら、つかめなかった。

健司は一つ息を吐き出し、グラスをテーブルに戻した。

「……わかった。とりあえず、俺が話せる範囲のことを、話す。林原が所属する係は、一般には公にされていないんだ。というか、俺でさえそう詳しくは知らない。……それでも、いいな？」

同じようにグラスを置き、彰良が無言でうなずく。

健司はもう一つため息を吐いてから、彰良に説明した。異捜のこと。彰良の事件に関すること。……納得はしないだろうなと思いつつ、話せる限り話した。

彰良は黙って話を聞いていた。

健司が話し終わると、案の定、彰良はこう言った。

「――異捜の刑事と、話がしたい」

健司にわからないことでも、異捜に直接訊けばわかるかもしれない。そう思っている
ことは丸わかりだった。

「できれば、林原さんより上の人と話したい。その、山路さんという人と話せないかな」

「駄目だ」

健司は即座に却下する。

彰良の声に苛立ちが混じった。

「どうして？　僕はすでに林原さんと会っている。今更異捜の存在は一般人には秘密だ
からと言われても、納得はできないな」

「林原が下手を打ったのは、あいつの自業自得だ。だが、とにかく山路は駄目だ」

「だからなぜ？　その人だって、警察の人なんだよね」

「俺は山路をお前に近づかせたくない」

「だから、そう思う理由を聞かせてほし――……」

言いかけた彰良の瞳に、ふっと理解の色がよぎった。

その色はみるみるうちに裏返り、暗い自嘲めいた色に変わる。

まずい、と健司が思うより早く、彰良は冷めた口調で言った。

「ああ……何だ、そういうことか」

「おい、彰良」

「健司は、僕がその山路という人から、人間として扱われない可能性を危惧しているん

だね。できそこないの天狗とか、化け物とか……そんな風に」

彰良が少し顔をうつむかせ、長い指でぐしゃりと己の前髪をかき上げる。白い頬から血の気が失せ、青みを増した肌はまるで生きていない人形のようだ。

健司はその顔を見ながら、音もなく奥歯を噛みしめる。

わかっていたはずなのに。

彰良が何を最も恐れているのか。

かつて——実の母に『天狗様』として祀り上げられていた頃。

彰良は、自分が人なのか神なのか化け物なのかわからなくなって、ひどく苦しんだ。怖い夢を何度も何度も見たと聞いている。

イギリスに送られ、叔父の渉のもとで暮らしたことで、彰良は人としての自分をなんとか取り戻すことができた。あれは彰良にとって本当に幸福な時間だった。

それでも、あのときと同じ恐れは、今でも消えることなく彰良の中に巣食っている。ふとした瞬間に心の壁を喰い破って顔を覗かせ、彰良に悪夢を見せる。

「……彰良。話を聞け。俺の話を」

「いいよ、聞くよ？　話してみてよ、健司が僕を異捜に近づけたくない理由を」

彰良がうつむいたまま、斜めに視線だけ上げて健司を見る。長い睫毛が影を落とし、その瞳の色はいつもより昏く見える。そこに夜空の色がちらと閃いた気がして、健司は己の喉が締めつけられたようになるのを感じる。話そうとした言葉はどれもこれも舌にのせる前に健司の中でこぼれ落ち、惨めに萎んでいく。

――健司が彰良を異捜に近づかせたくない理由。

それは、つまるところは先程彰良が言った内容と変わらない。

異捜がどこまで彰良のことを知っているかはわからない。だが、今の彰良が持つ特殊能力や瞳の色の変化だけで考えてみても、山路が彰良を人として扱う保証はない。

異捜が人外の存在をどのように扱っているのかもわからないというのに、そんな奴に彰良を預けてたまるかと思う。それでなくとも、あの山路という男は警視庁内でキナ臭い噂しか聞かないのだ。

黙り込んだ健司を前に、彰良はかすかなため息を吐いた。

「……そう。じゃあ、もういい」

「彰良」

「ごめん。――もう帰ってくれないかな」

ひどく疲れたかのような、力ない口調で彰良が言った。

目を伏せ、健司の方を見ようともせずに、彰良は続ける。

「こっちが呼びつけたっていうのに、本当に悪いけど……ちょっと今、健司の顔を見ていたくない」

「……そうか」

そう言われてしまったら、そうかとうなずくより他なかった。

健司は立ち上がった。ソファの端に掛けておいたコートを手に、部屋から出て行く。

健司は一度も振り返らなかったし、彰良ももう何も言わなかった。

玄関から外に出て、コートの袖に腕を通しながらマンションの廊下を歩き、停まったままだったエレベーターに乗り込んだ。

エレベーターの中には他に誰もいなかった。

このまま一階に着くまで誰も乗り込んできてほしくなかった。

——失敗した。

ただただそう思う。

けれど、他にどうすればよかったのかもわからなかった。


それからしばらく、健司は彰良と顔を合わせなかった。

向こうも連絡してこないし、こちらからも連絡しない。この年になってしまうと、表立った喧嘩というのはしなくなるのだ。ただこんな風に、付き合いが途絶える。そういうものだ。何しろ職場も違えば生活環境も違う。どちらかが会おうと思わない限り、偶然でさえ会うことはない。

胸の中に溜まったモヤモヤしたものは、仕事にぶつけた。何しろ刑事の仕事は忙しい。年末ともなるとなおさらだ。坊さんも走るから師走と言うらしいが、年末のばたばたで事件も増え、刑事もいつもの倍走らされる。

そうして疲労した体と心を癒(いや)してくれるものを、割と最近健司は見つけていた。

サウナだ。

世の中のサウナブームに乗っかったといえばまあそうだが、目の下に隈(くま)を作ってぐったりと職場の机に突っ伏していたら、先輩刑事に勧められたのだ。「整ってこい」と。

最初は『整う』の意味すらわからなかったのだが、数回通うとなんとなくわかってきた。ひとっ風呂(ぷろ)浴びて、サウナで整ってから帰って寝ると、うだうだとあれこれ考えたり悩んだりすることもなく、すこんと眠りに落ちることができた。世の中のブームも舐(な)めたものではない。流行(はや)るだけの理由はあるのだなと思った。

健司が通っているのは、本庁近くに新しくできたサウナだ。

近くといっても若干歩くのだが、おかげで知り合いに出くわすこともない。健司が利用する時間帯にはあまり客もいないので、のんびり寛(くつろ)げる穴場のような店である。

――その日も、健司は仕事終わりにそのサウナに寄った。

先に風呂で体と頭を洗い、いざサウナ室に入る。木材を使用して作られたサウナ室は、扉を開けた瞬間から、なんとなく甘いような独特の匂いがいつもする。

この時間帯には、ロウリュウ等のサービスはない。立ち込める熱気の中にただひたすら禅僧のごとく座って、しばらくしたら水風呂に入り、その後カウチで休む。そんな一人の時間を楽しむものなのだが――この日、サウナ室には先客がいた。

いや、勿論(もちろん)、普段から先客がいることはあった。それが見知らぬ他人ならば、最初に目礼だけして、あとはそれぞれ己の内的世界に没頭すればいいだけである。

だが、それが知っている相手となると、少々話は違う。

しかも、よりにもよってそれが異捜の刑事だったりした日には、だいぶ違う。

「――うげっ、佐々倉さん⁉」

サウナ室のベンチに座り、腰にタオル一枚かけただけの格好で汗をだらだら垂らしていた林原夏樹は、入ってきた健司を見るなり目を剝いた。

「……林原。てめえ」

思わず唸るような声で言ったら、林原はあたふたと腰にタオルを巻き直しつつ、ベンチから立ち上がった。

「あー、ええっと、俺もう出ますね！　そんじゃーごゆっくりー……って何でつかむんですか佐々倉さん！」

「まあ待て林原。もうちょっと温まっていけ」

汗で滑る林原の肩を握力にまかせて無理矢理つかみ、健司は言う。

「嫌ですよ俺いつもサウナは七分って決めてるんです！　それ以上入ってたらのぼせるんですよ！　水風呂入って整ってきますんで、放してくださいー！」

「俺はいつもサウナは十二分入るぞ。まあ座れ。話がある」

「いやいや本当俺もう出るんで！　勘弁してください！」

「――座れ」

「……はい」

林原が汗だか涙だかわからないものを拭いながら、ベンチに腰を下ろす。

健司はその向かい側のベンチに腰を下ろした。途端に汗が噴き出してくる。ちらと壁の温度計に目をやれば、八十二度とあった。慣れるまでは何の拷問だろうと思った熱気も、サウナにハマった今となっては心地好い。

幸いなことに、他に利用客はいなかった。……これなら、好きに話せるというものだ。

「……ていうか佐々倉さん、何でこのサウナ使ってんですか？　本庁からちょっと歩くでしょ、ここ」

「他の刑事に出くわさないのが良かったんだ」

「俺もですよ。なのに何で出くわしちゃうかなー、本当……」

濡れた髪を乱暴にかき上げ、林原がぼやく。

健司はその顔を静かに睨んで、

「――彰良が世話になったらしいな」

「あー……いえ、こちらこそその節はお世話になりましたというか何というか……やっぱ話聞きましたか、高槻先生から」

「訊かれたのはこっちだ。異捜のことを根掘り葉掘りな」

「話したんですか」

「ある程度はな。仕方ねえだろう、そもそもお前がフリーライターなんぞ名乗って彰良ら「下手打ったのはわかってますよ。けど、別に意図して接触したわけじゃないですからね。こっちだって、高槻先生があの店に来てるなんて思ってなかったし、本当に偶然かち合っちゃった感じなんですよ。しかも沙絵さんまでいるし」

林原が顔をしかめる。

その言葉に、健司はほんの少しだけほっとした。異捜がわざと彰良に接触したわけではないとわかっただけでも、林原を引き止めた甲斐があったと思う。それはつまり、彰良はまだ異捜にとって積極的な監視の対象ではないということだ。

と、今度は林原が健司をぐいと睨み、

「ていうか、あんまりこっちに首突っ込まない方が無難ですよって、高槻先生に伝えてくれなかったんですか？　結構危なかったんですよ、最終的に刃物出してきましたからね、レストランの連中」

「俺が言って聞くような奴じゃないって言っただろうが。……つーか、刃物って」

「あの先生、ノリノリで乱闘に参加してくるもんだから、こっちは気が気じゃなかったですよ。一般人巻き込んで怪我させたら大事ですからね。まあ、高槻先生、強いっちゃ強かったですけど……でも、下手したらあの人、あの場で死んでましたよ」

「おい、そんなやばい現場だったのか？」

彰良から、そんな話は聞いていない。

あの野郎わざと話さなかったなと、健司は渋い顔になる。

なまじ健司が護身術やら逮捕術やら仕込んだせいか、どうも彰良はそういう場で前に出たがる傾向がある。あまりに吞み込みが良かったもので、つい調子に乗って色々教えた健司が良くなかったのかもしれない。小さい頃の彰良は、「人をぶったりしたら駄目なんだよ！」と真っ直ぐな瞳で言うようないたいけな子供だったのに。

きつく眉根を寄せて顔をしかめた健司に、林原が当時の状況を説明してくれる。

「店のオーナーが、でかい肉切り包丁で深町くんに切りかかったんです。そしたらあの人、自分の体で彼をかばったんですよ。何の迷いもなくね」

「それで、彰良は」

「沙絵さんがさらに高槻先生をかばったんで、先生も深町くんも無傷で済みましたよ」

「……それで、その女は」

「ああ、沙絵さんは死なないひとなんで」

さらりと、林原はそう言ってのけた。

そういえば彰良が、沙絵の正体は八百比丘尼だと言っていた。老いることも死ぬこともない女なのだと。

「沙絵さんはともかく、高槻先生は本気で危なっかしいんで、何とかなりませんかね。先生がかばわなかったら深町くんが死んでたかもしれないとはいえ、さすがにあれはやばいですって。他人の命と自分の命を天秤にかけて、自分の方が軽いなって瞬時に判断しちゃうタイプは、危険な現場には出ない方がいいです。……まあ、俺も人のこと言えないですけど」

そう言う林原の腹には、傷痕が残っている。前に犯人に刺された傷だ。

詳しい状況までは健司は把握していないが、隣にいた一般人をかばうために自ら刺されに行ったと聞いている。確かに人のことは言えないが——しかし、林原は刑事だ。一般市民の安全を守るのが職務だ。健司だって、他にどうしようもなければそうする。

だが、彰良は刑事ではない。それなのに、なぜ自ら進んで危険に飛び込んでいくのか。

「……わかった。彰良も深町も、どっちも叱っとく」

「そうしてください。長い付き合いなんでしょ？」

「まあな。……お前のせいで、しばらく口もきいてないがな」

「ありゃ、もしかして喧嘩しました？　けど、それ別に俺のせいってわけじゃ」

「いいや、お前が彰良と出くわしたのが悪い」

八つ当たりなのは承知でぎろりと健司が睨むと、うへえと林原が首をすくめた。

それから林原は、だいぶ赤くなった顔をばしんと両手で叩き、

「……ていうか佐々倉さん、俺もう本当限界なんで、出ていいですか……そろそろ水飲まないと、倒れます……」

「ああ。死なれたら困るからな」

「じゃあ俺整ってきます……いやこれ整うのかな、倒れるんじゃないかなー……」

林原がよろよろと立ち上がる。足取りがだいぶ弱々しい。限界まで引き止めて悪かったなと思いつつ、しかし健司にはあと一つだけ訊きたいことがあった。

ふらふらしながら出て行こうとする汗まみれの背中に向かって、ぼそりと尋ねる。

「──異捜は、彰良をどうするつもりなんだ？」

林原が足を止めた。

ふらりとこちらを振り返る。

若干うつろになった目で、林原が健司を見る。幾筋もの汗が、真っ赤になったその顔を、よく筋肉のついた体を、そして腹の傷の上を伝い流れていく。

林原は顎を伝う汗をぐいと拭い、言った。

「とりあえず、何もなければ現状維持──のはずです」

「そうか」

「だからくれぐれも、これ以上何もないようにしといてくださいよね」

じゃ、と小さく会釈して、林原が今度こそサウナ室を出て行く。

健司はそれを見送り、ベンチに深く腰掛け直すと、己の膝頭に両の手を置いた。

そのまま体を二つに折るようにして深く深くうつむき、うめくように呟く。

「……ったく、あの馬鹿は……」

これ以上ないくらい大きなため息が出た。吐いた分だけ熱気を吸い込み、大粒の汗がぼたぼたと床に滴り落ちていくのを健司は睨むように見る。

今日ここで林原と会っておいてよかったのかもしれない。さもなければ、自分は彰良がうっかり死にかけたことすら知らずにいた。

とりあえず次に会ったらぶん殴ろう。健司はそう固く心に誓う。

だが、問題は、その『次』がいつなのかということだ。

彰良が機嫌を直さないことには説教すらできないというこの現状を、一体どうすればいいのだろう。というか、あの馬鹿は、今頃健司の目がないのをいいことに、ますます危険や怪異に向かってまっしぐらになっていたりはしないだろうか。

まさか三十半ばを過ぎてまで、幼馴染との仲直りの仕方を悩むことになるとは、思ってもみなかった。

しかし、健司の方から謝るつもりはない。というか、そもそもあれは謝るとかそういうレベルの話ではなかったような気がする。

「あー……くそ、いい年して長々とへそ曲げやがってあの野郎っ！」

他に誰もいないサウナ室で、人目がないのをいいことに思わずそう怒鳴り散らし、健司はまた頭を抱えた。

それから年末がやってきて、年が明けても、彰良から連絡はなかった。普段なら「初詣に行こうよ！」などとメールがくるのだが、まだ健司の顔は見たくないらしい。

年末に護身術や筋トレのやり方を教えるために深町と会ったとき、「もしかして先生と揉めました？」と訊かれた。

「先生に会ったら、佐々倉さんと仲直りするように言っときましょうか？」とも言われたが、「ガキじゃねえんだから」と言って断った。……なんというか、十六歳も年下の奴に気を遣われるというのも恥ずかしいものだと思う。

いっそ彰良の家にこっちから乗り込んで無言でぶん殴って帰ってくるというのも一瞬考えたが、それではただの暴漢と同じだ。通報レベルの所業である。さすがにまずいと思って、踏みとどまった。

――互いに譲れない点はただ一つ、彰良と異捜の接触だ。

健司は、今でもそれだけは許可できないと思っている。だから、彰良に今会ったところで、何を言うこともできない。

そしてそれは、彰良も同じなのだと思う。二人の立ち位置は決裂したあの日から変わらず、だからお互い顔を合わせないままでいる。

『健司は、僕がその山路という人から、人間として扱われない可能性を危惧しているんだね。できそこないの天狗とか、化け物とか……そんな風に』

そう呟くように言った彰良の顔を思い出す。

それに対しても、やはりそうだとしか答えられない。彰良がどれだけショックを受けようとも、健司の考えは変わらない。

ただ――一つだけ、言っておくべきだったかと思っていることは、なくもない。

どうしてこんなことに、と思考を巡らす度、健司の意識は十二歳のあの日に立ち戻る。

彰良がいなくなった日。

彰良と、その周りの人々全ての運命が狂い始めた日だ。

始まりは――片山さんからの、電話だった。

当時、彰良の家で家政婦をしていた女性。

『あのっ……彰良くんは、そちらのお家に行っていませんか⁉』

朝一番にかかってきた電話をとったのは、母だった。片山さんの声は、そのとき食卓で朝ごはんを食べていた健司の耳にも届くほど大きくて、そして切羽詰まっていた。

来ていない、と母が答えると、片山さんは、彰良がいなくなったことを告げた。

どこにもいないのだと。

母は、自分も近くを捜してみると言って、電話を切った。

健司は、自分も捜すと母に言った。が、あんたは学校に行きなさいと言われた。

授業が終わるなり帰ってきた健司は、真っ先に母に尋ねた。彰良は見つかったのかと。

母は首を横に振った。

それから三日経っても、一週間経っても、彰良は見つからなかった。

警察にはとっくに届けを出していたし、テレビや新聞でも報道された。警察は誘拐と家出の両方の線で捜査しているようだったが、誘拐にしては何の要求もなかったし、家出をするような子ではないと誰もが言った。健司もそう思った。

二週間経っても、三週間経っても、彰良は見つからなかった。彰良の父親は憔悴し、母親は半狂乱で彰良を捜し回り、マスコミは彰良の失踪を『神隠し』だと書き立てた。

そうして一ヶ月が過ぎて——彰良は、自宅から遠く離れた京都で発見された。

彰良はそれからしばらく入院して、健司がようやく彰良の家までお見舞いに行けたのは、発見から半月以上経ってからのことだったと思う。

門のところまで出迎えてくれた片山さんは、健司が大きな紙袋を手に提げているのを見て、「あら、お土産？　だったら、預かりましょうか？」と尋ねた。

健司は首を横に振り、片山さんはちらと紙袋の中を覗いて、ああと笑ってうなずいた。

二階にある彰良の部屋まで健司を案内してくれた片山さんは、扉を開ける前に、ちょっと迷うように手を止めた。

そして、何と説明すればいいのかわからないという顔で健司を振り返り、こう言った。

「健司くん。あの……驚かないでね」

その言葉に、子供心に健司はひそかに怯えた。

まさか彰良はそんなにひどい状態なのだろうか、と。

発見時に少し怪我をしていたという話は聞いている。いなくなっていた間の記憶がないというのも、お見舞いに行っていいかと片山さんに電話で尋ねたときに聞かされた。

でも、そういえばどこを怪我したのかについては聞かされていなかったし、「少し怪我」の「少し」がどの程度のものなのかもわからなかった。

片山さんが扉を開けて、そこにいる彰良が変わり果てた姿だったらどうしよう。自分はショックを顔に出さずにいられるだろうか。そんなことを思いながら紙袋の持ち手を握りしめた健司の前で、片山さんが彰良の部屋の扉をノックした。

最初、中から返事はなかった。

二度目のノックで、「どうぞ」と答えたのは、間違いなく彰良の声だった。

片山さんが扉を開ける。

健司は覚悟して、部屋の中に目を向けた。

彰良はベッドの上で半身を起こし、こっちを向いていた。パジャマを着ているが、別に包帯でぐるぐる巻きなわけでもないし、見える範囲に傷もない。少し痩せたような気もするけれど、健司を見て目を輝かせ、柔らかく微笑んだ様は以前の彰良のままだった。

よかった、思ったより元気そうだ——そう思ってほっとした健司は、直後にその体に回された二本の腕に気がついて、びくりとした。

一瞬、彰良が悪霊に取り憑かれているのかと思った。

違った。

彰良のベッドの端に横座りするようにして、後ろからぎゅうっと彰良を抱きしめている女の人がいるのだ。

女の人の顔は、彰良の背中に隠れて見えない。肩口から茶色の髪がわずかに覗いているだけだ。だが、その髪に健司は見覚えがあった。

彰良の母親だ。

そのとき、彰良が口を開いた。

「お母さん」

健司に向かってではなく——己を抱きしめる母親に向かって。

「お母さん、放して。……友達が、健ちゃんが来たから」

けれど、二本の腕はますます力を込めて彰良の体にからみつき、彰良が痛みをこらえるような顔をする。

彰良は手を持ち上げ、己を拘束する腕の片方を押さえるようにしながら、

「痛いよ。お願い、放して……お母さん」

「——いや」

くぐもった声がした。

「いや。いや。嫌よ。だって、彰良がまたどこかへ行ってしまったら」

「僕はどこにも行かないよ。ねえ、お願い。……背中が、痛いよ」

「だってこうしていないと、また翼が生えて彰良がどこかに」

「お母さん……」

彰良が苦しげにうめく。

何だこれは、と健司は茫然と二人を見つめる。

彰良の母親が、彰良の背中に押しつけていた顔をゆらりと持ち上げた。

——変わり果てていたのは、彰良の母親の方だった。

とても美しい人のはずだった。華やかな美貌には、いつも優しい笑みが浮かんでいた。軽やかで、しなやかで、まるで妖精のような人だった。

けれど今、おんぶお化けのごとき有様で彰良にしがみつくその顔は、骨が目立つほどにやつれて青白かった。輝きを失った両の瞳は真っ黒な穴のようで、夏場によくテレビで放送される怪奇番組の幽霊にそっくりだった。

片山さんが見かねた様子で口を開く。

「奥様。彰良くんが可哀想です。放してあげないと」

「……じゃああなたは、彰良がまたどこかに消えてもいいって言うのっ⁉」

叩きつけるような大声に、片山さんも健司も身をすくめる。

そのときだった。

健司達の後ろから、スーツを着た男の人が部屋の中に入ってきた。

男の人は、彰良の母親を一目見るなり、

「お嬢様、そろそろお支度をなさってください。社長がお呼びです」

「お父様が……？」

彰良の母親が、怯えた目で男の人を見る。

たぶんその男の人は、彰良の祖父の秘書なのだろう。つかつかとベッドに歩み寄ると、有無を言わせぬ様子で彰良の母親の腕をつかみ、

「失礼します」

それだけ言って、無理矢理彰良から引き剝がした。

そのまま彼は、彰良の母親を引きずっていこうとする。

彰良の母親は嫌だ嫌だと泣きわめき、すれ違いざまに片山さんの腕にすがって、「彰良を見張っていてちょうだい！」と懇願した。男の人はその手も易々と引き剝がし、彰良の母親を部屋の外へと連れ出していく。

彰良の母親のすすり泣きが廊下の角を曲がり、聞こえなくなるまで、健司はろくに身動きもできなかった。

怖かった。

一体何が起きているのか、理解できなかった。

「……健ちゃん」

小さく名前を呼ばれて、健司ははっとした。

ようやく解放された彰良が、ベッドの上から健司を見つめていた。

困ったような笑みが、その顔には浮かんでいた。

「ごめんね、健ちゃん。……びっくりしたよね」

健司は言葉もなく、首を横に振った。

彰良はますます困ったような、情けない笑みを浮かべた。

「えっと……ひさしぶりだね。お見舞いに来てくれてありがとう」

彰良が言う。

健司の後ろで、片山さんが小さく洟を啜った音がする。泣いている。

彰良は自分も泣きそうな顔になりながら、それでも懸命に健司に向かって笑いかける。

「あの、僕……僕ね、いなくなった間のこと、よく覚えてなくて。それで」

この家には、今まで健司も何度か来たことがあった。

健司の目に映るこの家は、いつだって絵本や漫画に出てくるお城みたいだった。

庶民の健司の目にはちょっと現実味が薄く感じられるほどの、裕福で幸せな家。父親はハンサムで、母親は美人で優しくて。秋のハロウィンパーティー。冬のクリスマスパーティー。何でもない日に招かれたときでさえ、パーティーかと思うようなもてなしを受けた。いつでも笑顔があふれていた。何もかもがキラキラして見えた。

それが今では、まるでお化け屋敷だ。

別に調度品が埃をかぶっているわけでも、蜘蛛の巣だらけなわけでもない。それでも、もう何一つ輝いては見えない。悪霊と化したかのような彰良の母親。青い顔で、必死に笑顔を取り繕おうとして失敗する彰良。涙ぐむ片山さん。いつの間にこの家はこんな不幸のどん底に落ちてしまったのだろう。一体何があったというのだろう。

彰良が一ヶ月いなかった、ただそれだけで——どうして、こんなことに。

「さっきは本当に、驚かせてごめん。僕がしばらくいなかったものだから、お母さん、僕と離れるのが怖くなっちゃったみたいでさ。ずっと僕の傍にいるんだ。ああやって、僕のことずっと放してくれないんだ。僕、背中が痛いのに……放して、くれなくて」

一生懸命健司に向かって事態を説明しようとしている彰良の声が、震えてよじれる。

いいよもう、と健司は思う。

話さなくていい。説明なんて、今はどうでもいい。

彰良が戻ってきてくれたんだから、自分はそれだけでいい。

けれど、彰良の泣きべそに引きずられたように、健司も上手く話せなくなっていた。

出そうとした声が喉に引っかかって痛み、健司は喋るのを諦めて、

「——ん」

どすどすと足音を立てて彰良のベッドに歩み寄り、手に持っていた大きな紙袋をぐいと突き出した。

彰良が面食らった様子で、ほとんど反射的に紙袋を受け取る。

そして、その重さに驚いて取り落とした。

紙袋はどさりと彰良の膝の上に落ち、中身をぶちまけた。

ぶ厚い週刊少年漫画誌が、四冊。

「家にまだあと二冊あるけど。紙袋に入らなかったから、とりあえず四冊持ってきた」

健司はそう言った。

彰良が目を丸くして、雑誌と健司を見比べる。

「えっと……健ちゃん、これ……」

「お前がいなかった間のやつ。週刊だから、どんどん溜まって」

彰良の家は、裕福なくせに、子供に漫画を買い与えない家だった。教育方針がどうとかいう話らしい。

だから彰良は、毎週健司の家に遊びに来る度に、健司の漫画を読んでいた。

ここ数年は、二人で夢中になっている漫画の連載があった。彰良がいなくなる前、ついに主人公の一団が敵のボスの根城に乗り込み、これから敵の部下と一対一の勝負を順に繰り広げていく――そんな佳境に入ったところだった。

「続き、気になってるだろうと思って。すげえことになってる」

「え、本当に？」

「ああ。最初の勝負は――」

「待って言わないで読むから！　自分で読むから！」

彰良が慌てて雑誌を手に取る。

健司は彰良の隣に腰かけて、横から一緒に漫画を覗き込んだ。

そうしながら、健司はやっと彰良に言えた。

「おかえり。彰良」

「――……」

彰良がはっと目を上げて、健司を見た。

その目に、みるみる涙が溜まる。

くしゃりとした笑みを浮かべて、彰良は、うんとうなずいた。

ただいま、と返してきた彰良の声は、涙に詰まって情けない響きだったけれど、健司と肩をくっつけるようにして漫画を読み出すと、その涙もすぐに引っ込んだ。彰良が夢中になってページをめくる。健司も一緒になって漫画のコマに見入る。すでに何回か読み返している話なのに、やっぱり彰良と一緒に読んだ方が何倍も面白かった。

彰良が帰ってきてくれてよかったと、健司は思った。

本当に——彰良が今自分の横にいるという、ただそれだけのことが嬉しかったのだ。


それから健司は、彰良の家がどんどん崩壊していく様を、ごく近いところで見つめ続けることになった。

どうして皆、彰良がいなくなる前のように戻れなかったのだろう。

そのことを心底悲しく思いながら、健司は何もできずに、彰良の家族が失われていく様をただ見ていたのだ。


スマホが震え、健司はふっと意識を過去から現在に戻した。

彰良からメールがきていた。

『健司の好きなワイン買ったけど、明日晩ごはん食べに来る？』

行く、とだけ健司は返事をした。

明日は非番の日だった。

一月ももう第二週に突入していた。


「——いらっしゃい」

一ヶ月ぶりに見る彰良は特に変わった様子もなく、健司を見てにこりと笑った。

まるで喧嘩などしていなかったかのように、健司を自分の家の中に招き入れると、

「晩ごはん、ポトフにしたけどいいかな？」

「ああ」

彰良が作るポトフは、イギリスにいた頃に同じアパートメントに住んでいたフランス人から教わったものだ。日本でポトフというと、野菜とソーセージが入っているものというイメージだが、彰良が作るポトフには、ソーセージの他に塊肉がどーんと入っていて、付け合わせにバターとマスタードとピクルスが添えられている。なかなかに食い出があって美味い。

彰良はにこにこしながら食卓の準備をして、一ヶ月前と同じワインのボトルを置いた。

皿にポトフをよそって、健司の前に置く。切り分けた肉の塊も盛られているが、心なしか野菜の方が多い気がする。特に突っ込むまいと思いつつ、健司はワインを開ける。

健司の向かいの席に座り、そこで初めて、彰良は笑みを引っ込めた。

「――ごめん」

目を伏せ、呟くように言う。

「今回は、僕の方が悪かったと思う。ごめんなさい」

神妙な顔で言う彰良を、健司はテーブルの反対側から見つめた。

もしかしてと思い、指摘してみる。

「お前、深町から何か言われたか？」

「――う。ばれた」

どきりとした様子で己の胸を押さえ、彰良が言う。

やっぱりそうか、と健司は思う。日付的に、大学の講義が始まった頃だ。正月休みを挟んで彰良と顔を合わせた深町が、彰良に向かって説教でもしたのかもしれない。

彰良と深町の関係も不思議なもので、大学の先生と学生という組み合わせのはずなのだが、ずっと年下の深町の方が彰良に向かってよく小言を言っている。まあ、大人しそうに見えて深町は結構言う性格だし、何かにつけて彰良を叱りたくなる気持ちは健司にもよくわかる。

彰良が情けない顔で、

「健ちゃんと仲直りしろって言われたんだよ、昨日深町くんに……」

「それで素直に聞くのもどうなんだよ、お前」

「いや、まあ、さすがに僕もこれ以上長引くと辛いっていうか……僕が悪いんだろうなあとは思ってたしね。もう大人だから拗ねるのも大概にしないとなって」

「お前ももう三十半ば過ぎてるからな」

「見た目は二十代って言われるよ、まだね」

そう言って、彰良がつやつやした己の頬に軽く手を当てる。確かにな、と健司は思う。同い年のはずなのだが、近頃健司の方が年上に見られることが格段に増えてきた。

「……なんていうかさ、健司が僕のことどう思ってても、まあ今更だよねっていう気はするし……ずっと隠し事されてたのも、気持ちはわからなくもないからさ。だから、やっぱり今回は、僕の方がごめんなさいって言うべきなんだ」

ごにょごにょと彰良が言う。ごめんなさいと言う割に、視線がそっぽを向いているのが、やや往生際が悪い。まだ上手く気持ちを呑み込めていない部分もあるらしい。

健司は彰良の前のグラスにワインを注ぎ、自分の皿を指差して、

「とりあえず食っていいか？」

「あ、うん、どうぞ。召し上がれ」

彰良がそう言ったので、健司はナイフとフォークを手に取り、まずは肉を食う。浸っているスープの色は薄いのに、しっかり味がついている。少しマスタードをつけると味わいが変わって、さらに美味くなる。黙々と、健司は肉を平らげていく。

「……健ちゃん、野菜も食べようね？」

「健康のためにはバランスよく食事を摂らないと駄目なんだよ。僕、健ちゃんには長生きしてほしいな」

「肉の方が好きだ」

「お前も食え」

「うん」

　彰良が、自分のナイフとフォークを手に取る。

　彰良が大きな人参を切り分けているのを見ながら、健司は言った。

「この前言っとけばよかったなって思ってることがあってな」

「何？」

「――俺は、別にお前が何だってかまわねえんだ」

　彰良が手を止めた。

　焦げ茶色の瞳を上げ、健司を見つめる。

　健司はワイングラスに手をのばし、透明なガラスの中で揺れる深い紅色の海を眺めながら言う。

「人間でも、天狗でも、神様でも、UFOにさらわれて改造された人造人間でも、別にどうってことない。今目の前にいるお前が彰良だ。そう思ってる」

「……そう」

「でもそれは、あくまで俺の考えだ。……異捜はそうは思わない」

「だから、山路をお前に紹介することはできない。……そこは、わかってくれ」

「そう」

「……うん」

彰良がうなずいた。

そして、またナイフとフォークを動かし、

「えい」

切り分けた人参のうち半分を、なぜか健司の皿の中に投入した。

「おいっ、いらねえよ別に！　人参ならすでに入ってる！」

「えー、今の健ちゃんの言葉が嬉しかったから、お礼に入れたのに」

「だったら肉寄越せ肉」

「やだよ、僕だってお肉食べたいし」

そう言って、彰良は自分の肉を切り分け、ぱくりと口に入れる。おいしそうな顔でもぐもぐと食べているその顔を見ながら、そういえば昔こいつは味覚障害になったことがあったなと思い出す。イギリスから戻ってきてすぐの頃だ。……ストレスがすぐ体に出る奴なのだ。とりあえず今回の一件はそこまでのストレスにはなっていなかったようで、よかったと思う。

太いソーセージをナイフで切りながら、また彰良が口を開く。

「……健司がそういう人なのは、僕、前から知ってるよ」

「そうか」

「覚えてる？　僕が『神隠し』から戻った後、最初にお見舞いに来てくれたときのこと。あのとき健ちゃん、漫画持ってきてくれたでしょう」

「……ああ」

「あれが僕は、とても嬉しかったんだ」

　彰良が言った。

「いなくなっていた一ヶ月の間に、うちは母も祖父も様子が変わって……なんだか、帰ってくるときに間違えて、元いた世界じゃなくてパラレルワールドの中の別世界にでも来ちゃったのかなって思ったくらいだったのに……健ちゃんだけは、変わらなかったから。前と全然変わらない健ちゃんでいてくれたからさ。……本当に、嬉しかったんだ」

「そうか」

「うん」

「まあ、お前あの漫画好きだったしな」

「うん。僕がイギリスに行く前に最終回を迎えてくれてよかったよ」

「懐かしいな」

「うん」

　そんな話をしながら、二人でポトフをたいらげていく。

　思えば自分達の関係も奇妙なものだ。

一度たりとも同じ学校に通ったこともないのに、週に一度数時間会うだけの仲だったのに、もう三十年も友達でいる。同じ小学校に通っていた奴らと今会うことなんてないのに、彰良とだけは会っているのだから、本当に不思議だ。

自分達はこうしてこれからも、たまに喧嘩をして、なんやかんやで仲直りして、いつまでもこんな感じで顔をつきあわせ続けるのだろう。

そうであってほしいと――どこか祈るような気持ちで、健司は思う。

目の前のこの幼馴染がまた消えてしまうようなことがないといい。

そう思ったとき、健司はふと忘れ物に気がついた。

「――彰良」

食べ終わった皿をキッチンのシンクに運び、別のワインを開けようかという段になってから、健司はおもむろに彰良に声をかけた。

なあに、と振り返ったその脳天に、健司は思いきり拳を振り下ろす。

「いっ……何するんだ健司、痛いじゃないか……って、ちょっと!?」

涙目になって抗議しようとした彰良の首に腕を回し、そのまま後ろに回り込んで、ぎりぎりと絞め上げる。

「ちょっ、待っ……何す、健っ」

「――林原に聞いたぞ」

彰良の耳元に、後ろから囁きを落とす。

　びく、と彰良の肩が跳ねる。

「品川のレストラン。お前、うっかり殺されそうになったそうだな？　深町かばって、肉切り包丁でばっさりやられそうになったって」

「そ、それは……ふ、不可抗力でっ」

「黙れ。お前は好き好んで乱闘に交ざろうとするのやめろ。つーか深町連れてんのにやばいとこに行くな。あいつ巻き込んでんじゃねえ」

「ご、ごめ……なさ……」

　謝罪らしき言葉を口にしながら、彰良がぺしぺしと健司の腕を叩く。そろそろ絞め落とされる限界らしい。いっぺん本気で落としてやろうかなと思ったが、さすがにそれもどうかと思い直して、健司は腕を解く。彰良が床に崩れ落ちた。

　うずくまってゲホゲホいっている彰良を見下ろし、健司は言った。

「林原から伝言だ。あんまりこっちに首突っ込むな、だとさ」

「……けど僕は……研究者だから……フィールドワークが……」

「懲りてねえなこの野郎」

　もう一回絞めてやろうかと思ったら、彰良が慌てて逃げ出した。ソファを回り込み、構えを取る。だからいちいち戦おうとするなというのに、と健司は思う。

　やっぱり護身術なんぞ仕込むんじゃなかったな、と思ったが、後の祭だった。

横浜の中華街に行こう、という誘いが彰良から来たのは、二月半ばを過ぎた頃のことだった。

テレビの特番で中華街特集をやっているのを見て、行きたくなったそうだ。

『あのね、深町くんの好物が、中華街にある江戸清のチャーシュー包なんだよ！　前に一緒に食べに行こうって話をしてたんだけど、そういえば行ってなかったなあって思い出してさ。だから健ちゃんも一緒に行こうよ、チャーシュー包と大鶏排と小籠包とごま団子を食べ歩きしよう！　ついでにベイブリッジとか赤レンガ倉庫とかも見てこようよ、横浜ドライブツアーとか楽しそうじゃないかな？』

電話の向こうで、彰良が弾んだ声で言う。要するに、車を出してほしいという要望らしい。横浜方面には普段あまり行くことがないし、ドライブとしては悪くない。

「大鶏排って何だ？」

『あ、知らない？　台湾の屋台グルメで、大きくて平たい鶏のから揚げだよ。店によっては顔くらいの大きさがある。スパイシーでおいしいんだよ』

「それは食ってみてえな」

『じゃあ決まり！　いつなら行けそう？』

「今週末は大丈夫だ」

『わかった。深町くんの予定も確認して、また連絡するね！』

楽しそうに彰良はそう言って、一旦通話を切った。

それからすぐに折り返しの電話がきて、深町の予定も押さえたと言われた。

そんなわけで、次の日曜日に、健司の車で日帰り横浜旅行ということになった。

中華街近くの駐車場に車を預け、少し歩くと、『朝陽門』という額を掲げた青い門が見えてきた。いかにも中華な雰囲気のごてごてした屋根や飾りがついた門だ。あの内側が、中華街のメインストリートらしい。

「すげえ『中華』って主張してるよな……テーマパークみてえ」

健司が門を見上げて言うと、彰良が同じように門を見上げて笑った。

「それはまあ観光地だからねえ、雰囲気作りは大事だよね。でも、ここはちゃんと四神相応にしてあるんだよ」

「シシンソウオウ？」

「風水の思想でね、北に玄武、南に朱雀、東に青龍、西に白虎という聖獣を配置して、守ってもらうんだ。中華街には全部で十の門があるけど、東西南北にあたる四つの門は、それらの聖獣を象徴した色と図案になってる。この門は東にあるから、青く塗ってあって、龍の絵が描かれてるんだよ。だから別名を『青龍門』とも言う」

よくそんなことを知ってるなと健司は思うが、有名な話らしい。深町もうんうんとうなずいている。深町は実家が横浜だというから、横浜市民には常識なのかもしれない。

深町が健司を見て言った。

「佐々倉さん、中華街来るの初めてですか？」

「初めてじゃねえが、そういえばあんまり来たことねえな。地元民、案内しろよ」

「いや、別に俺、中華街に住んでたわけじゃないですし……たまに来たことあるって程度ですよ、俺も」

　なんとなく全員で門を見上げながら、中華街の中に足を踏み入れる。彰良が言った通り、門には龍の絵が描かれていた。他の門がどんな風なのかがちょっと気になるところだ。風水はよくわからないが、何かしら縁起のいいものなのだろう。

　彰良が言う。

「四つの門から取り入れた良い気の流れは、中華街の中央にある関帝廟に集まるんだよ。だから関帝廟は、中華街一のパワースポットだって言われてるんだ。せっかくだから、後で行ってみようか」

「……待て。そこには何か幽霊が出るのか？」

　彰良のことだから油断はできないぞと思って、健司は尋ねた。彰良には、旅行先でやたらと心霊スポットに行きたがる悪い癖があるのだ。

　それでなくても、この三人で旅行に行くと事件に巻き込まれることが多い気がする。調査目的のときは仕方ないとしても、単に遊びに行っただけの山梨旅行でうっかり人骨を見つけたり、滝からダイブする羽目になったりしたのは、今でも忘れがたい。

　が、彰良は笑って首を振り、

「さすがにそれはないよ、ただのパワースポット。金運とか商売運のご利益があるらしいよ。あっ、でも、後で山手の方にある外人墓地にも行ってみようか！　中には入れないけど、外からちょっと見られるから——痛っ、健ちゃん何でぶつの!?」

「今日は深町の好物を食べに来たんだろ！　おい深町、どこの店だ？　とっとと案内しろ！」

「あ、はい、こ、こっちです……」

深町が指差した方へと、三人で歩いていく。

二月の寒風が吹きすさぶ中だというのに、中華街はなかなかの賑わいを見せていた。週末ということもあってか、観光客が多いようだ。あちこちの店に行列ができている。

深町の好物を売っているという店は、朝陽門から割と近い位置にあった。人気店らしく、この店にも行列ができていた。目当ては、店頭に置かれた蒸し器の中で蒸されている様々な中華まんらしい。店の奥では、土産用の冷凍品も販売しているようだ。

「せっかく三人いるんだから、それぞれ違うものを買って分けない？」

彰良がそう提案し、名案だと全員が賛同して、店頭に貼られたメニューとにらめっこする。結局、深町がチャーシュー包を、彰良がエビチリまんを、健司がスタンダードなブタまんを頼んだ。

「先生、甘いやつじゃなくていいんですか？　あんまんとか桃まんとかありますけど」

「甘いのだと、深町くんが食べられないでしょう。三人で分けられるやつじゃないとね。別に僕、甘いのしか食べないわけじゃないからね？……あ、でも、桃まんは後でお土産に買いたい。食べてみたい」

「はい、遠慮なく買ってください。白あんに桃の香りがついてるらしいですよ」

「深町、角煮まんって美味いのか？　食ったことあるか？」

「あ、おいしいですよ。ぶ厚い角煮がはさまってます」

そんな話をしながら、買った中華まんを三人でシェアする。蒸したばかりの中華まんはどれも火傷しそうなほど熱くて、割るだけでも結構大変だった。しかも、大きめの具材がごろごろ入っているものだから、三分割がなかなかに難しい。うっかりすると、せっかくの具を足元に落っことしそうになる。

「熱っ！　でも、おいしいねえ！」

「外側のまんじゅう部分が、やっぱコンビニの中華まんとは違うな。パンみてえだ」

「あ、俺、エビチリまんは初めて食べました。普通にエビチリ入ってるんですねこれ」

中華まんをパクつきながら、ゆっくりと中華街の中を歩いていく。

中華レストランの他にも、アジア雑貨の店や中華食材を扱った店がある。かと思えば、普通に歯医者があったりもして、そうかここで生きている人間もいるんだよなと思う。

そんな中、やたらと目につくのは占いの店だった。五百円で手相を見てやるからぜひ入れと、道端で客引きが手招きしている。が、こちらを向いた客引きは、健司の顔の怖さとガタイの良さに恐れをなして一瞬で目をそらし、別の方角からやってきた女性グループに声をかけ始めた。失礼な奴だなと思うが、別に声をかけられたいわけではないので捨て置くことにする。

深町が健司を見上げ、しみじみと言った。

「佐々倉さんと歩いてると、客引きも押し売りも避けられて便利ですね」

「人を番犬みたいに言うな。何だ、やりたいのか？　占い」

「興味ないです。……手相なら、前に見てもらいましたし」

ぼそりと、深町が呟くように言う。

ああ、と健司は少し苦い表情になってうなずいた。

前に彰良の叔父も交えて江の島に行ったときに、あの女——沙絵に、半ば強制的に手相を見てもらったのだ。

あのとき、沙絵は健司の手を見るなり、

『苦労症だね！』

そう言って笑った。

それに続いた言葉も、よく覚えている。

『おにーさん、あんまり無理しちゃ駄目だよー？　人間、やれることには限界があるんだからね！　あっちもこっちもぜーんぶなんとかするとか、それ無理だから！』

……放っておけ、と健司は胸の中で吐き捨てる。

健司は食べ終わった中華まんの包み紙を丸めながら、自分の前を歩く彰良と深町に目を向けた。二人は、どこかで飲み物でも買おうかと相談しているようだ。自販機もいいがせっかくだからタピオカドリンクもありじゃないだろうかと彰良が言い、それなら向こうの方に店があったと深町が今来た道を逆に指差す。

二人は楽しそうに笑っていた。

それを見ながら、健司は、会ったばかりの頃の深町の顔を思い出す。あの頃はもっと拗ねた顔のガキだったように思う。それがだんだんと表情が明るくなっていったのは、やはり彰良の影響なのだろう。

『――体を鍛えたいんです』

深町が健司に対して最初にそう頼んできたのは、秋くらいのことだったと思う。

『俺、腕力なくて……先生が気絶したとき、俺一人で運べたためしがないんです。だから筋肉つけたくて。あと、できれば簡単な護身術とかも、教わりたいんですけど』

彰良には内緒だと言ってそう頼んできた深町に、あれこれと教えるのは楽しかった。彰良ほど体に恵まれていない分、教えたことをすぐ実践できるというわけではなかったが、それでも教えれば真面目に聞いていたし、覚えようと努力していた。生意気なこともよく言うが、基本的には素直な奴なのだ。

近頃は、健司と深町の間で、彰良についての情報交換もよくしている。何しろ、普段彰良の近くに一番いるのが深町なのだ。彰良は「何で二人で『保護者同盟』組んでるのさ、僕も入れてよ！」と拗ねているようだが。

今ではなんとなく、可愛い弟分でも見るような目で深町を見ることも多い。

だから——あっちもこっちも全部なんとかしたいと思って何が悪い、と健司は思う。

そして、つい数日前の記憶を、意識の端で掘り起こす。

「——ああ、佐々倉くん。こんにちは。元気ですか?」

本庁の廊下でいきなりそんな声をかけられて、健司は思わず後退りそうになった。

葬式帰りのような黒スーツに黒ネクタイ。年齢のわかりづらい顔には、一見柔和な笑みが浮かんでいる。

警視庁捜査一課異質事件捜査係——その係長である、山路宗助。林原の上司だ。

健司は以前から、この男が苦手だ。

異捜自体が謎に包まれてはいるのだが、この男はその最たるものだ。何を考えているのかまるで読めないし、得体が知れない。階級は警部のはずだが、どうも上層部に相当顔が利くらしく、一課長でさえ山路に対しては強く出られない。実は人間じゃないのではないかという噂すらある男である。彰良の件もあって、とにかく顔を合わせたくない相手だ。

「近頃、林原くんがよくお世話になっているようですねえ。上司として、私からもお礼を言わないとと思っていたんですよ」

今にも逃げ出そうとしている健司に、しかし山路はにこにこしながら寄ってくる。

階級は向こうの方が上だ。健司は渋々逃げるのをやめて、

「別に世話はしていませんが」

「この前、サウナでも会ったそうじゃないですか。どこのサウナですか？　私にもその店、紹介してくれませんかねえ。サウナ、いいじゃないですか。日々の疲れもとれて、より仕事に励めそうで」

「林原に聞いてください」

「一緒に行こうと誘ってるんですよ？」

「遠慮しておきます」

きっぱりと健司が首を振ると、山路はおやおやと言ってまた笑った。……この男の場合、笑みを浮かべていても目だけはいつも一ミリも笑っていないから怖いのだ。

「そう冷たくしないでほしいですねえ。そうだ、君、なんなら異捜に来たらどうかと思うんですよ。うちも人手が足りなくて」

「遠慮しておきます。自分は、通常の刑事職の方が性に合っているので」

「……でも君、うちに来た方がいいと思うんですけどねえ」

山路が目を細め、そんなことを言う。

蛇に睨(にら)まれたような気分になりながらも、健司はその目をぐいと睨み返す。

「——どういう意味ですか」

「うちに来れば、わかることも多いかもしれないし、守れるものも多いかもしれないってことですよ」

軽く肩をすくめ、山路は言った。

そして、「まあ、どうもうちは嫌われてるみたいですけどね」と呟き、踵を返す。

異捜を嫌ってるんじゃなくてあんたを嫌ってるんだよと言い返すわけにもいかず、健司は無言でその背中を見送ろうとする。

が、途中で山路は足を止め、少しこちらを振り返って、

「ああ、そうそう、高槻先生に、よろしく伝えてください。うちの林原がお世話になりましたと。それと——深町尚哉くんにもね」

くっと唇の両端を持ち上げ、確かな笑みを含んだ声で、そう言った。

その瞬間、ざわりと健司は寒気のようなものを覚えた。

「どういう意味ですか」

先程と全く同じ問いが、口を突いて出る。だが、今回の方が切実だった。狼狽えた調子にならないようにと気をつける余裕すらなかった。

彰良が異捜にマークされているのは知っている。

だが、深町までとは思っていなかった。

いや——それは、健司が浅はかだっただけだ。深町は常に彰良と一緒にいる。異捜の目には留まりやすいだろうし、何よりあいつも『異捜案件』だ。死者の祭に踏み込み、特殊な能力を与えられた者。

「そのままの意味ですよ？——それじゃあ、また」

山路は喉の奥で笑いながら、今度こそ本当に去っていった。

なす術もなくその背中を見送って、健司は腹の底に焦げつくような焦りを覚えた。体を鍛えたいんです、と言ったときの深町の顔を思い出す。山路と話したい、と言った彰良の顔も頭をよぎる。あの二人を異捜に近づけたらどうなる。山路はあの二人をどうする気だ。足元から日常が裏返りそうな気分がして、健司は思わず両足を踏みしめ、拳を握る。

自分が異捜に行けば……まだ、なんとかなるのだろうか。

でも。

頭の中で、あの女が——沙絵が笑っていた。

『あっちもこっちも全部何とかするとか、無理だからね』

「——あっ、僕あれ食べたい！　いちご飴、食べたことない！」

彰良が子供のような声を上げ、健司は慌てて意識の焦点を目の前の現実に戻した。

健司を振り返り、彰良が笑う。

「ほら、健ちゃん、大鶏排も売ってるよ！……あれ、どうかした？」

健司の顔を見て、彰良がきょとんとした様子でまばたきした。

「どうもしない。どれだ、大鶏排。……うお、でけえな」

「でしょう？　深町くんも食べる？」

浮かれた様子で彰良が深町に尋ねる。深町がうなずき、じゃあ行こうと彰良がはしゃいだ。三十六歳の男の言動にはとても見えないが、まあいつものことだ。心なしか、周辺を歩く他の客が彰良に向ける視線も妙に微笑ましいものになっているようだが、そこは気にしてはならないところだと思う。

健司は二人についていきながら、周囲の喧騒に隠すように、ひっそりと息を吐く。

あの後、山路は特に何の動きも見せていない――と思う。

林原とも顔を合わせる機会がないので、異捜が今何の事件を扱っているのかも健司にはわからない。が、例のレストランの件以降、異捜が彰良や深町に接触してきている気配はなさそうだ。今のところは、だが。

……頼むから勘弁してやってくれよ、と健司は思う。

この二人はどちらも訳ありで――これまでの二人の人生を思えば、今こうやって二人ともが楽しそうに笑っているのはまるで奇跡みたいなものなのに。

「……健ちゃん？」

彰良がまた健司を振り返った。

「大丈夫？……疲れてるなら、どこか座れる店に入ってもいいけど」

「別に平気だ」

自分は今そんなひどい顔をしていたのだろうかと思いながら、健司はそう言い返す。

彰良はまだ心配そうに、

「お仕事忙しいのに、休日に引っ張り回しちゃってるからね。悪いなとは思ってるんだよ、一応ね」

「一応かよ。……刑事の体力舐めんな、美味いもの食って寝りゃ復活するんだよ」

「そっか。じゃあ、今日はたくさんおいしいものを食べないとね」

彰良がにこりと笑う。

とりあえず、今日一日だけでも、何も起こらず平穏に過ぎるといい。

そして、そんな一日を、自分達はこの先もずっと積み重ねていくのだ。

「いちご飴、一粒寄越せよ。大鶏排ひと口やるから」

「あ、いちごとマスカットの混合バージョンもあるね。どっちがいい？」

「そりゃお前、混合バージョンだろ」

「だよね！　深町くんも一粒食べる？」

「いりません。甘いの苦手なので。え、ていうかあんたら、男二人でいちご飴分け合うんですか……？」

何ドン引きした顔してんだと深町の頭を叩き、店の行列に三人で並ぶ。

——この日の中華街旅行は本当に何事もなく終わり、やればできるじゃないかと健司は思った。

この先もこうありたいものだと——切実に、願いながら。

《参考文献》

・『日本現代怪異事典』　朝里樹　（笠間書院）
・『日本現代怪異事典　副読本』　朝里樹　（笠間書院）
・『続・日本現代怪異事典』　朝里樹　（笠間書院）
・『都市空間の怪異』　宮田登　（角川選書）
・『口頭伝承の比較研究2』　川田順三・柘植元一編　（弘文堂）

本書は書き下ろしです。
この作品はフィクションです。実在の人物、
団体等とは一切関係ありません。

准教授・高槻彰良の推察EX 2

澤村御影

令和5年 9月25日　初版発行

発行者●山下直久

発行●株式会社KADOKAWA
〒102-8177　東京都千代田区富士見2-13-3
電話　0570-002-301(ナビダイヤル)

角川文庫 23821

印刷所●株式会社暁印刷
製本所●本間製本株式会社

表紙画●和田三造

●お問い合わせ
https://www.kadokawa.co.jp/（「お問い合わせ」へお進みください）
※内容によっては、お答えできない場合があります。
※サポートは日本国内のみとさせていただきます。
※Japanese text only

ISBN 978-4-04-113887-8　C0193

◇◇◇

角川文庫発刊に際して

角川源義

第二次世界大戦の敗北は、軍事力の敗北であった以上に、私たちの若い文化力の敗退であった。私たちの文化が戦争に対して如何に無力であり、単なるあだ花に過ぎなかったかを、私たちは身を以て体験し痛感した。西洋近代文化の摂取にとって、明治以後八十年の歳月は決して短かすぎたとは言えない。にもかかわらず、近代文化の伝統を確立し、自由な批判と柔軟な良識に富む文化層として自らを形成することに私たちは失敗して来た。そしてこれは、各層への文化の普及滲透を任務とする出版人の責任でもあった。

一九四五年以来、私たちは再び振出しに戻り、第一歩から踏み出すことを余儀なくされた。これは大きな不幸ではあるが、反面、これまでの混沌・未熟・歪曲の中にあった我が国の文化に秩序と確たる基礎を齎らすためには絶好の機会でもある。角川書店は、このような祖国の文化的危機にあたり、微力をも顧みず再建の礎石たるべき抱負と決意とをもって出発したが、ここに創立以来の念願を果すべく角川文庫を発刊する。これまで刊行されたあらゆる全集叢書文庫類の長所と短所とを検討し、古今東西の不朽の典籍を、良心的編集のもとに、廉価に、そして書架にふさわしい美本として、多くのひとびとに提供しようとする。しかし私たちは徒らに百科全書的な知識のジレッタントを作ることを目的とせず、あくまで祖国の文化に秩序と再建への道を示し、この文庫を角川書店の栄ある事業として、今後永久に継続発展せしめ、学芸と教養との殿堂として大成せんことを期したい。多くの読書子の愛情ある忠言と支持とによって、この希望と抱負とを完遂せしめられんことを願う。

一九四九年五月三日